Rudolph Kneisel

Der liebe Onkel

Schwank in 4 Aufzügen

Rudolph Kneisel

Der liebe Onkel

Schwank in 4 Aufzügen

ISBN/EAN: 9783743436473

Hergestellt in Europa, USA, Kanada, Australien, Japan

Cover: Foto ©Andreas Hilbeck / pixelio.de

Manufactured and distributed by brebook publishing software (www.brebook.com)

Rudolph Kneisel

Der liebe Onkel

Der liebe Onkel.

Schwank in 4 Aufzügen.

von

Rudolph Kneisel.

Verfasser von: „Anti-Xantippe", „Die Tochter Belial's", „Der Herr Stadtmusikus und seine Kapelle", „Dorfrepublik", „Das böse Fräulein", „Unsichtbare Barbier", „König Allgold", „Seekönigs Brautfahrt" 2c. 2c.

Verlag
der
Theater-Buchhandlung von A. Kühling,
Berlin,
Markgrafen Straße Nr. 53.

Personen:

August Hellborg, Pfarrer in einem Landstädtchen.
Elise, seine Gattin.
Aennchen, eine Verwandte des Pfarrers.
Berthold Eichmann, Förster.
Rath Zornbock.
Hänfling, Küster.
Lotte, Köchin im Hause des Pfarrers.
Carl, Kellner, deren Bräutigam.
Amanda.

Ort der Handlung: Des Pfarrers Wohnung in einem Landstädtchen, unweit Berlin.

(Rechts und links vom Publikum aus.)

Der Verfasser behält sich und seinen Erben oder Rechtsnachfolgern, das ausschließliche Recht vor, die Erlaubniß zur öffentlichen Aufführung zu ertheilen.

Den Bühnen gegenüber als Manuskript gedruckt und dem **Allgemeinen Theater-Commissions-Geschäft** von A. Kühling in Berlin zum ausschließlichen Bühnen-Debit übergeben.

A. Kühling,
als Rechtsnachfolger.

1. Akt.

Zimmer im Pfarrhause. Mittelthür. Rechts und links je eine Seitenthür. Rechts vorn ein Fenster mit Vorhängen. Die Fensterbrüstung muß sehr niedrig sein. Links im Hintergrund ein Kleiderschrank. Links vorn ein Tisch mit Büchern und Schreibzeug. Daneben, etwas nach der Mitte zu, ein Sopha. Rechts, neben dem Fenster ein großer Stuhl, daneben ein Tisch. Weiteres Meublement: Bilder an den Wänden.
(Diese Dekoration spielt das ganze Stück hindurch.)

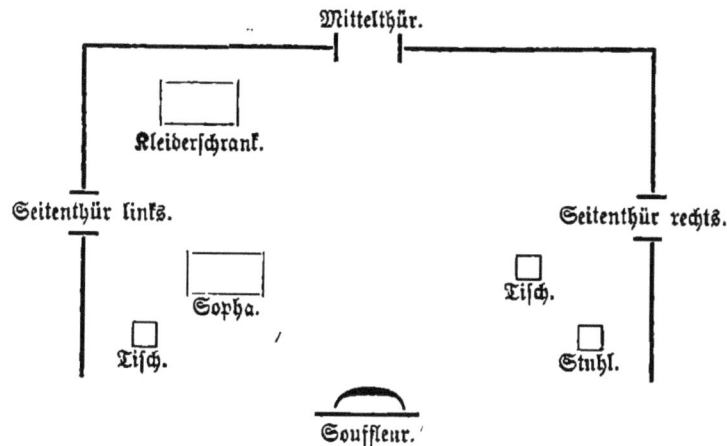

1. Scene.

Elise (sitzt im Sopha und strickt). Lotte (kommt durch die Mitte).*)

Lotte. Frau Pfarrerin!
Elise. Was willst Du, Lotte?
Lotte. Ich habe eine große Bitte, Frau Pfarrerin.

---

*) Elise ist eine liebenswürdige, sanfte Frau von 24 Jahren. Lotte (etwa 22 Jahre) ist derb und gemüthlich. Beim Rollenschreiben bitte ich diese Anmerkungen auf die Rollen zu setzen.

Elise. Sprich sie aus.

Lotte. Ich bin nun anderthalb Jahr in Ihrem Dienst, und nicht wahr, Sie haben nicht sehr über mich zu klagen gehabt?

Elise. Nein.

Lotte. Meine Miethszeit dauert noch bis Michaelis, also noch vier Monat.

Elise. Ja.

Lotte. Ich wollte die Frau Pfarrerin bitten, mich schon in sechs Wochen gehen zu lassen.

Elise. Du willst fort, Lotte? und warum denn?

Lotte. Ach, Frau Pfarrerin, ich will mich verheirathen.

Elise. Verheirathen? Mit wem denn?

Lotto. Mit Carlemännchen.

Elise. Carlemännchen? Wer ist das?

Lotte. Das ist Carl. Ich nenne ihn aber immer Carlemännchen, er hat das so gern. — Er ist Kellner in Berlin.

Elise. Wie? Einen Kellner willst Du heirathen?

Lotte. Ja, er hat ein paar hundert Thaler, und ich hab' auch was auf der Sparkasse. Wir richten uns eine Restauration ein, ich nehm' Tischgäste an, und Sonntags lassen wir tanzen.

Elise. Aber Lotte, bedenkst Du denn gar nicht, welch' ein aufregendes Leben Du dann führen wirst? Du, gewöhnt an das stille Leben unseres Hauses — eine Restauration, Tischgäste, Tanz! Wenn Ihr nun einmal — Betrunkene habt?

Lotte. Ach, Frau Pfarrerin, die wirft Carlemännchen hinaus. Darin hat er Uebung.

Elise. Wie und wo hast Du denn Deinen Bräutigam kennen gelernt?

Lotte. Vor acht Wochen hatten Sie mich doch auf drei Tage nach Berlin reisen lassen, wegen der Taufe bei meiner Muhme Lene. Dabei haben wir uns kennen gelernt.

Elise. Wie? Und so über Hals und Kopf habt Ihr Euch verliebt und verlobt?

Lotte. Ei was denken Sie denn, Frau Pfarrerin, über Hals und Kopf ist's nicht gegangen. Am ganzen ersten Tag hab' ich gar nichts gesagt, und Carlemännchen hat mich nur immer angeplinzelt; am zweiten Tag erst hat er mir seine Liebe gestanden, und erst am dritten Tag, Nachmittag halb drei, hab' ich „ja" gesagt.

Elise. Das ist aber zu schnell. In dieser kurzen Zeit kann man einen Mann nicht kennen lernen. Ich war drei Jahre lang Braut.

Lotte. Ja, das mag bei den Herrschaften ganz anders sein. Die haben mehr Zeit. Eine arme Köchin aber, die nur alle vierzehn Tage Sonntags Nachmittags für die Liebe frei hat, muß sich

beeilen. — Und wie lieb hat mich Carlemännchen. Gestern hat er mir wieder geschrieben; hören Sie nur, Frau Pfarrerin. (Liest aus einem Briefe.) „Mein allerliebstes, dickes Karnickelchen!"
Elise. Genug, genug, ich will nichts weiter hören.
Lotte. Er schreibt mir nämlich, daß er auf ein paar Tage hierher kommen will.
Elise. Wie? Er untersteht sich —
Lotte. Na im Pfarrhaus will er nicht wohnen, darauf macht Carlemännchen keine Ansprüche. Er geht in die Ausspannung. Na, nicht wahr, Frau Pfarrerin, ich darf in sechs Wochen abziehen.
Elise. Ich will mir die Sache überlegen.
Lotte. Es wird sich gewiß machen; denn, Frau Pfarrerin, wenn Sie mein Carlemännchen erst sehen, wird Ihr Herz gewiß gerührt werden. (Ab durch die Mitte.)
Elise. Wie leichtsinnig denken derlei Menschen über Liebe und Ehe. O, wie glücklich bin ich, einen Gatten zu besitzen, auf dessen Treue und Tugend nicht der geringste Makel haftet.

2. Scene.

Elise. Aennchen. August. Berthold.

Aennchen*) (kommt in größter Freude hereingesprungen). Elischen, er ist da, er ist da!
Elise. Wer?
Aennchen. Berthold Eichmann.
August**) (Berthold hereinziehend). Ja, geliebtes Weib, da ist er, der alte, wackere Freund.
Berthold***). Liebe Frau Pfarrerin!
Elise. Herzlich willkommen, lieber Herr Eichmann.
August. Nicht wahr, er hat sich in den anderthalb Jahren, wo wir ihn nicht gesehen haben, gar nicht verändert. Außer, daß er jetzt Förster geworden ist.
Elise. Ist es möglich!
Berthold. Das ist rasch gegangen, was? Vor sechs Monaten, als ich von Berlin nach Pommern abging, hatte ich noch keine Aussicht. Ich reiste an einem der Tage ab, wo Du gerade in Berlin warst, lieber Pfarrer.
August. Wie? Das weißt Du? Ich konnte Dich dort nicht auffinden.

---
*) Aennchen ist ein junges, lustiges Mädchen.
**) August (etwa 30 Jahr) gesetzten, aber freundlichen Wesens.
***) Berthold (26 Jahr) derb, heiter, gutmüthig; mitunter etwas beschränkt.

Bertholb. Aber ich habe Dich gesehen.

August. Und hast mich nicht angeredet?

Bertholb. Es ging gerade nicht. Hahaha! Nun, wir reden später mehr davon. Sechs langweilige Monate verlebte ich in Pommern, da erhielt ich das sehnlichst Erwünschte — die Försterstelle in Robingen.

Aennchen. Ach wie herrlich, nur eine Stunde von hier.

Bertholb (zu Aennchen). Nicht wahr, das freut Dich — (Verbessert sich schnell.) Das freut Sie, liebes Fräulein?

Aennchen (flüstert ihm zu). Nimm Dich in Acht!

Elise. Also unser Nachbar für immer.

August. Und bald, hoffe ich, wirst Du eine junge Frau Försterin in Dein Haus führen.

Bertholb (mit einem Seitenblick auf Aennchen). Ich denke. Hab' mir auch schon ein Bild von ihr entworfen. Erstens muß sie recht klein und hübsch sein.

Aennchen (stellt sich auf die Fußspitzen).

Bertholb. Dann muß sie schwarz sein.*)

Aennchen (droht Bertholb mit dem Finger; in demselben Augenblick dreht sich August zu ihr, sie legt schnell die Hände auf den Rücken und lacht verlegen). Hahaha!

Bertholb. Drittens muß sie ernst sein und darf nicht so viel lachen.

Aennchen (dreht ihm ärgerlich den Rücken zu).

Bertholb. Und endlich muß sie hunderttausend Thaler haben.

August und Elise (lachen). Oh, oh!

Bertholb (tritt zu Aennchen). Was meinst — was meinen Sie dazu, Fräulein Aennchen?

Aennchen (leise). Du langer Tapps, bist in den anderthalb Jahren noch viel dümmer geworden.

Bertholb (recht laut). Wie sagen Sie, Fräulein?

Aennchen. Nichts, ach, da kommt der Herr Küster.

3. Scene.

Vorige. Hänfling (kommt durch die Mitte).**)

Hänfling. Dienerchen allerseits!

---

*) Wenn die Darstellerin des Aennchen blond ist, muß Bertholb das Gegentheil sagen, also schwarz oder braun.

**) Küster Hänfling ist ein Mann von etwa 65 Jahren, recht gemüthlich und geschäftig.

August. Willkommen, Papa Hänfling.

Hänfling. Lieber August, da bring' ich Dir einen Brief. Ich hab' ihn dem Postboten draußen abgenommen, der mit der Köchin schwatzte; sonst hättest Du wohl darauf warten müssen.

August (geht an die Seite, erbricht und liest den Brief). Ich danke Dir.

Aennchen (zieht Hänfling zu Berthold). Papa Hänfling, sehen Sie doch, wer da ist.

Hänfling (freudig). Willkommen, Herr Eichmann.

Elise. Jetzt Förster in Robingen.

Hänfling. Herzlichen Glückwunsch!

Berthold. Tausend Grüße habe ich Ihnen, lieber Herr Küster, von Ihrer Tochter Emilie zu bringen. Ich begegnete ihr gestern, als ich durch Berlin reiste, auf der Straße.

Hänfling. Besten Dank. Wie geht's meinem Milchen?

August (hat mit steigender Spannung den Brief gelesen, stößt jetzt einen Ruf des Schreckens aus). Entsetzlich!

Alle. Was ist?

August (sucht sich zu fassen). Nichts, o gar nichts.

Elise. Hast Du einen unangenehmen Brief erhalten?

August. Keineswegs, im Gegentheil. Der Brief ist aus Berlin vom Herrn Rath Zornbock; Ihr wißt, als ich vor 6 Monaten in Berlin war, der Verbesserung meiner Pfarrstelle wegen, hatte ich in dieser Angelegenheit namentlich mit dem Rath Zornbock zu thun. Meine Bemühungen waren damals vergeblich. Jetzt schreibt mir der Rath, daß er hier in der Nähe einen Pensionär unterzubringen habe, daß er auf dem Rückwege hier vorbei komme, und eine Stunde bei mir verweilen wolle, um nochmals über jene Angelegenheit mit mir zu reden.

Elise. Und wann wird Herr Rath Zornbock kommen?

August. Er kann jeden Augenblick kommen.

Berthold. Nun, dann erlaubt mir, daß ich gehe. Einem so frommen, gelehrten Herrn gegenüber fühlt sich ein Waldmensch wie ich, steif und befangen. Später habe ich noch mit Dir zu reden, August.

Aennchen. Aber erst, mein bester Herr Eichmann, muß ich Ihnen meine Blumen und Tauben zeigen. Du erlaubst es doch, Elise?

Elise. Gewiß, mein gutes Aennchen. Ich werde indeß die Vorbereitungen zum Empfang des Herrn Raths treffen.

August (erregt). Ja geht, geht Alle! (Krampfhaft des Küsters Arm fassend). Du bleibest, Hänfling.

Aennchen (mit Berthold und Elise abgehend). Sie sollen sehen, Herr Eichmann, was für ein paar allerliebste Turteltäubchen mir Tante

Aurelie geschenkt hat, als ich vor sechs Monaten bei ihr zum Besuch war.

Berthold. Ach, Turteltäubchen — das ist mein Geschmack. (Alle drei durch die Mitte ab.)

August (nachdem jene fort sind). Er kommt! wehe mir, er kommt. (Sinkt händeringend auf das Sopha.)

Hänfling (erschrocken). Aber August, lieber August, was fehlt Dir denn?

August (springt auf und stürzt an des Küsters Hals). Hänfling, Küster, Freund, Vater! Unter Deinen Augen bin ich aufgewachsen, Du warst mir immer ein treuer Gefährte — Du sollst auch jetzt mein Vertrauter sein.

Hänfling. Aber so sprich doch endlich.

August (ruhiger). Erst eine Frage, Freund. Was hältst Du von meinem Werth als Pfarrer und als Mensch?

Hänfling. Als Pfarrer schätzt Dich die ganze Gemeinde. Und als Mensch? Ha, es soll einer kommen und sagen, daß Du nicht der beste Mensch von der Welt bist. Das ganze Städtchen verehrt Dich. Und ich? Lieber Gott, obgleich Du selbst nicht reich bist, was hast Du zum Beispiel nur an mir und den Meinen gethan! Nur Dir verdankt es meine Tochter Emilie, daß Sie in Berlin ein kleines Weißwaaren-Geschäft errichten konnte; nur Dir —

August. Genug, genug! Danke mir nicht; lobe, preise mich nicht, denn ich bin ein Verbrecher.

Hänfling (entsetzt). Gütiger Himmel!

August (dumpf). Ja, ein Verbrecher! Wir sind allein. Ich will Dir Alles erzählen.

Hänfling (zitternd). Ach, was werde ich hören.

August (nachdem sie sich gesetzt haben). Vor sechs Monaten war ich der Verbesserung meiner Stellung wegen in Berlin. Am Abend des Tages, an welchem mir Rath Zornbock meine letzten Hoffnungen genommen hatte, ging ich verstimmt durch die Straßen. Es war schon dunkel, und ich verirrte mich. Sinnend bleibe ich stehen. Da legt sich plötzlich eine weiche Hand auf meinen Arm, eine verschleierte Dame steht vor mir und flüstert: „Schützen Sie mich!" Ehe ich noch antworten konnte, zog sie mich fort, durch mehrere Straßen in ein dunkles, von einer rothen Laterne magisch erleuchtetes Hausthor.

Hänfling (rückt näher). Das fängt schauerlich an.

August. Auf einmal öffnet sich vor mir eine große Flügelthür, geblendet fahre ich zurück. Ich erblicke einen großen, prächtig erleuchteten Saal, höre eine bezaubernde, rauschende Musik; sehe den wogenden Tanz fröhlicher Menschen. Das Alles sah ich nur einen

Augenblick; denn meine Begleiterin zog mich fort und flüsterte: „Wir wollen auf Nummer sechs gehen!" — Wir gelangen in ein matt erleuchtetes Zimmer. Die unbekannte Dame reißt Hut, Schleier und Tuch herunter und schleudert es in eine Ecke. Vor mir stand ein Frauenbild von wunderbarer Schönheit. Weiß war ihr Antlitz wie Marmor, aber eine blühende Röthe bedeckte ihre Wangen und ihre Stirne umwallte eine so reiche Fülle von Locken, daß man erstaunen mußte, wie diese Lockenpracht einem einzigen Haupte entsprießen konnte.

Hänfling. Das muß ja ein Engel gewesen sein.

August. Nachdem ich mich von meinem Staunen erholt, fragte ich, worin ich ihr dienen könne, und mit rührender Stimme gab sie mir zur Antwort: „Ich habe Hunger!"

Hänfling (sehr gerührt). Ach, Du lieber Gott!

August. Ohne, daß ich wußte, woher er gekommen, stand auf einmal ein Diener vor uns, und, majestätisch den Kopf zurückwerfend, befahl sie im stolzen Tone: „Bringen Sie Austern und Champagner!"

Hänfling. Austern und Champagner? Das muß eine vornehme Person gewesen sein.

August. Wahrscheinlich. Während sie nun aß und trank, wobei sie mich gar nicht beachtete, konnte ich mir ihre Kleidung ansehen. Sie war von prachtvollem Stoffe; machte aber auf mich den Eindruck, als seien es die glänzenden Reste einstigen Reichthums. Die Dame schien mir nämlich aus dem Kleide herausgewachsen, denn es reichte oben noch lange nicht bis an den Hals.

Hänfling. Das arme Mädchen.

August. Als sie gegessen hatte, fing sie an zu erzählen. Wer sie war, sagte sie nicht. Sie sei eine Waise, und habe Niemand auf der Welt, als einen Onkel.

Hänfling. Einen Onkel?

August. Ja, aber diesen Onkel habe sie seit acht Tagen nicht mehr gesehen, sie suche ihn und könne ihn nicht wiederfinden.

Hänfling. Traurig, sehr traurig.

August. Dann fragte sie mich, ob ich ihr nicht helfen wolle, den Onkel zu suchen. Dabei weinte sie. Der Schmerz um den verlorenen Onkel mußte ihre Sinne völlig verwirrt haben; denn auf einmal richtete sie einen seltsamen Blick auf mich und mit einem geheimnißvollen Lächeln fragte sie, ob ich ihr Onkel sein wolle.

Hänfling. Gräßlich!

August. Da plötzlich — in dem Augenblick, wo ich antworten will — stößt sie einen Schrei aus, schlägt die Hände vor's Gesicht, springt auf und entflieht durch eine Nebenthür. Eine schwere Hand fällt auf meine Schulter. Ich wende mich um, und vor mir

steht der gestrenge Rath Zornbock. — So hatte ich ihn noch nicht
gesehen. Mit grimmigem Blick, mit donnernder Stimme fragte er:
Herr, wie kommen Sie in dieses Haus? — Ich weiß nicht, was ich
Alles stotterte. Ich wisse gar nicht, wo ich sei — ein seltsamer Zu=
fall — ich glaube, in einem Gasthaus zu sein. Aber nur drohen=
der wurde des Rathes Antlitz. „Und wer war jenes flüchtende
Frauenzimmer?" schrie er. Da zogen mit Blitzesschnelle tausend Ge=
danken durch mein Hirn. Durfte ich sagen, daß ich mit einer Un=
bekannten allein gewesen sei? Ich dachte an mein Amt, an meine
Zulage — mein Blick stierte auf die leere Champagnerflasche. Da
blies mir der Teufel eine furchtbare Lüge ein —

Hänfling. Was werde ich hören?

August. „Jene Dame, stammelte ich, ist meine Frau!"

Hänfling. Deine Frau?

August. Ja, der Rath konnte nichts mehr erwiedern. Es
polterte die Treppe herauf, schlug an die Thür. Eine Rotte Män=
ner stürzte in's Zimmer, ich weiß nicht, Betrunkene oder Verschwo=
rene. Der Rath verschwand durch eine Thür, ich durch eine andere,
die Treppe hinunter. Hinter mir brüllte es: Halt ihn, halt ihn!
Er ist ein Nassauer.

Hänfling (erstaunt). Ein Nassauer?

August. Ja.

Hänfling. Das scheinen doch politische Verschworene gewesen
zu sein.

August. Ich kam glücklich in meinen Gasthof und reiste in
derselben Nacht noch ab. Ach! das ist meine Geschichte.

Hänfling. Freilich wunderbar. Aber, lieber August, ich sehe
nichts Entsetzliches darin.

August (springt auf). Aber Hänfling, begreifst Du denn nicht?
Der Rath Zornbock kommt heute hier an. Er schreibt mir, daß eine
wesentliche Verbesserung meiner Pfarrstelle in Aussicht steht; daß er
aber erst Aufschluß haben wolle über jenen Abend, wo wir uns
das letzte Mal begegneten. Die Sache wird also zur Sprache
kommen.

Hänfling. Nun, dann sagest Du dem Rath die ganze
Wahrheit.

August. Nimmermehr. Dann müßte ich ihm sagen, wie ent=
setzlich ich ihn damals belogen habe. Er würde das Schlimmste von
mir denken, würde mich verachten.

Hänfling. Du hast Recht. Dann vertraue Dich Deiner Frau
an; sie muß sagen, daß sie mit Dir in Berlin war.

August. Unmöglich. Ich war mit einer unbekannten, schönen
Dame allein — das kann ich ihr nicht sagen. Und dann klingt
meine Geschichte so seltsam, daß sie mir gar nicht glauben würde. —

Denke doch nur: Eine unbekannte Dame, die Hunger hat und einen Onkel sucht! Das ist so außerordentlich, daß es selbst in einer Weltstadt wie Berlin alle tausend Jahre nur einmal vorkommt.

Hänfling. Ja, ja, Du hast Recht. (Nimmt ängstlich seinen Hut.) Weißt Du, lieber August, das ist doch eine böse Geschichte; da will ich lieber gehen.

August. Wie? Freund! Vater! Du willst mich in der Noth verlassen?

Hänfling (gerührt). Bewahre! Ich will nur nachsinnen, wie Dir zu helfen ist, und dann will ich mich auf die Lauer stellen, und Dir gleich sagen, wenn der Herr Rath kommt.

August. Ach ja, thue das.

Hänfling. Nur Muth! Der Rath bleibt ja nur eine Stunde hier. Deine Frau muß ihm nicht begegnen, damit er nicht mit ihr von der Geschichte sprechen kann. Adieu, August! (Mitte ab.)

August. Ja, ja, er hat Recht. Der Rath und meine Frau dürfen sich nicht sehen. Fragt er sie, wie ihr die Berliner Reise gefallen hat, so ist Alles verloren.

4. Scene.

August. Elise. Aennchen.

Elise (Aennchen lächelnd hereinziehend). Nur herein, Du kleine Sünderin! Was Du mir gesagt hast, muß der Vetter auch wissen.

Aennchen. Aber liebe, gute Elise —

Elise. Denke nur, August, was mir Aennchen eben anvertraut. Sie liebt und wird wieder geliebt.

Aennchen (deckt sich verschämt ihr Taschentuch über den Kopf).

August (zerstreut). Ei, ei, was Du sagest! Wie mache ich's nur, daß der Rath meine Frau nicht sieht?

Elise. Ja, seit anderthalb Jahren ist sie im Geheimen verlobt.

August. Ist es möglich! (Für sich.) Wenn ich sie einsperrte und sagte, sie sei krank.

Elise. Und weißt Du, wer ihr Bräutgam ist? Herr Förster Eichmann.

August. Hm, das freut mich sehr. (Für sich.) Oder, wenn ich sie für meine zweite Frau ausgäbe, und sagte, die erste, die mit in Berlin war, sei todt?

Elise. Aber August, Du wunderst Dich ja gar nicht.

August. O doch, ich bin sehr verwundert.

Aennchen. Ja, lieber Vetter, so ist es. Ich liebe Bertholb Eichmann, und Berthold liebt mich, und schon vor anderthalb Jahren haben wir's uns versprochen, daß wir uns heirathen wollen, und jetzt ist der Berthold Förster, und nun wird er um mich anhalten, und jetzt müßt Ihr mir nicht böse sein, sonst komme ich in meinem Leben nicht wieder unter dem Tuche hervor.

Elise (nimmt ihr das Tuch ab und umarmt sie). Mein liebes, gutes Aennchen!

Aennchen. Aber Vetter, Du sagst ja gar nichts.

August (für sich). Oder, wenn ich den Rath bei Seite schaffen könnte!

Aennchen. Heut noch, lieber Vetter, wird Berthold kommen und Dich um meine Hand bitten.

August (starrt sie gedankenlos an). Wenn er kommt, könnte man die Kellerthür offen lassen, daß er hinunterfällt.

Elise. Wer, lieber August?

Aennchen. Was? Mein Berthold soll in den Keller fallen?

August (erwachend). Was denn? Wie so denn? Ja so! Also einen Bräutigam hat Aennchen? Wer ist denn das?

Aennchen. Ach, da haben wir's. Er hat mich nicht einmal angehört.

Elise. Aber August, wo hast Du denn Deine Gedanken?

August. Meine Gedanken? O, ich habe sie. Wehe, daß ich sie habe! (Fährt grimmig mit den Händen durch die Haare und läuft umher.)

Elise und Aennchen (erschrocken). Was ist ihm denn?

5. Scene.

Vorige. Hänfling.

Hänfling (stürzt athemlos herein). Er kommt! Er kommt!
Alle. Wer?
Hänfling. Der Herr Rath Zornbock.
August (stöhnt). Oh!
Aennchen. Wir wollen ihn empfangen.
Elise. Geschwind, ihm entgegen. (Sie wollen fort.)
Hänfling (zu August). Schaffe Deine Frau fort.
August. Wo willst Du hin, Elise?
Elise. In die Küche. Eine Tasse Chokolade kochen für den Rath.
August. Das will ich thun.
Elise. Du?

Hänfling. Aennchen kann sie kochen.
Aennchen. Ich?
August. Elise, hast Du nichts in Deinem Zimmer zu thun? Nichts zu nähen? (Will sie links abbrängen.)
Elise. Nicht doch!
Hänfling (sucht Aennchen zur Mitte hinauszubrängen). Kochen Sie nur schnell die Chokolade.
August. An meinem Rock fehlt der Aufhängsel.
Hänfling. Recht süß müssen Sie sie machen.
August. Nähe auch Knöpfe an meine Manschetten.
Hänfling. Ein Ei können Sie auch hineinquirlen.
August. Meine Kragen haben keine Bänder mehr.
Hänfling. Und Zwieback lassen Sie dazu holen.
Die Damen. Aber — —
(Die Damen wollen immer sprechen, werden aber hinausgebrängt. Elise von August links ab, Aennchen von Hänfling durch die Mitte. Wenn die Damen fort sind, stürzen August und Hänfling vor.)
August. Oh!
Hänfling. Er kommt.
August. Der Himmel steh' uns bei! (Eilt rechts in den Vordergrund.)
Hänfling. Ich verstecke mich. (Er versteckt sich hinter August.)

6. Scene.

Rath Zornbock. August. Hänfling.

Rath (von ältlicher, aber imponirender Persönlichkeit, kommt schnell aber festen Schrittes vor; kräftig). Ich grüße Sie, mein lieber Pfarrer! (Reicht ihm die Hand.)
August (legt ängstlich seine Hand in die des Rathes). Mein bester Rath, ich —
Rath. Nun, mein Lieber, wo ist denn Ihre gute Frau?
August (stöhnt). Oh!
Rath (verwundert). Wie?
August (sehr verlegen, faßt sich plötzlich, dreht sich um, ergreift Hänfling bei den Schultern und schiebt ihn vor sich). Entschuldigen Sie, Herr Rath, wenn ich Ihnen hier Herrn Hänfling, den würdigen Küster unserer Kirche vorstelle.
Rath. Freut mich sehr. Lieber Küster, wollen Sie nicht die Frau Pfarrerin rufen?

Hänfling (verlegen, faßt sich, schiebt August vor). Herr Rath, das ist unser trefflicher Herr Pfarrer!

August (schiebt Hänfling vor). Herr Rath, das ist unser würdiger Küster!

Hänfling (schiebt August vor). Herr Rath, das ist unser Pfarrer! —

August (schiebt Hänfling vor). Herr Rath, das ist unser Küster!

Rath (staunt sie verwundert an).

(Der Vorhang fällt.)

2. Akt.

1. Scene.

Rath. August.

August (verlegen lachend). Ein komischer Mann, der würdige Küster, läuft wie toll davon und will sich in seiner Bescheidenheit nicht einmal vorstellen lassen.

Rath (lächelnd). Bitte, bitte; Sie haben ihn mir ja fünf Mal in einem Athemzug vorgestellt; doch lassen Sie uns setzen, ich freue mich, Ihnen die angenehme Mittheilung machen zu können, daß Ihre Stellung binnen Kurzem wesentlich verbessert werden soll. Sie wissen, daß da eine alte Stiftung existirt von der Familie Mehlau, vermöge deren der hiesigen Pfarrei unter gewissen Bedingungen eine jährliche Zulage von 500 Thalern erwächst.

August. Fünfhundert? O, o!

Rath. Gewiß, gewiß! Das ist nicht zu verachten, aber ich sprach Ihnen bereits von Bedingungen. Diese Bedingungen wurzeln hauptsächlich in dem entschiedensten Nachweis über den moralischen Lebenswandel des betreffenden Petenten. Die Entscheidung darüber liegt in der Hand der vorgesetzten Behörde; ich muß nun gestehen, daß ich bisher nur Gutes über Sie gehört habe, allein jene letzte Begegnung zwischen uns in Berlin! —

August (trocknet sich die Stirn). Nun geht's los!

Rath. Mein lieber Freund! Ich bin gern geneigt, eine gute Meinung von Ihrer Unbefangenheit zu haben, aber wollen Sie mich im Ernst glauben machen, daß Sie nicht wußten, in welchem Lokale Sie sich an jenem Abend befunden haben.

August. Wahrhaftig, Herr Rath, ich weiß es nicht.

Rath. Nun denn, es ist — mit Schaudern und Unwillen bringe ich das Wort über die Lippen — es ist eines jener verdammungswürdigen Ballokale, das leichtfertigen jungen Männern und

Damen von der — Sie werden mich kaum verstehen — von der demi monde zum nächtlichen, schaudervollen Rendezvous dient.

August. Allmächtiger Gott! Davon habe ich nicht die geringste Ahnung gehabt.

Rath. Wie konnten Sie denn aber mit Ihrer lieben Frau in dies Lokal kommen?

August (stockend). Das war ein ganz unverschuldeter Zufall; wir wollten abreisen, hatten den Zug versäumt, wollten, bis der nächste abging, ein Abendbrod zu uns nehmen; trafen einen Fremden, den wir nach einem billigen Gasthaus frugen und der wies uns in jenes Haus. Das ist Alles. (Bei Seite.) Herr Gott, ich lüge wie gedruckt!

Rath. Da sind Sie also die Opfer eines Berliner Witzbold's geworden; habe ich mir doch gleich gedacht. Sachgemäß, mein Freund, würden Sie mich nun befragen können, wieso ich in jenes Lokal kam; ich will es Ihnen mittheilen: Ich habe mehrere Pensionäre, von denen man mir unter der Hand mittheilte, daß sie jenes schändliche Lokal heimlich besuchten; ich wollte mich selbst davon überzeugen, denn ich bin den Eltern für das Seelenheil meiner Zöglinge verantwortlich. Gott sei Dank, ich täuschte mich, sie waren nicht zugegen.

August (bei Seite). Wahrscheinlich, weil sie schon ausgerückt waren.

Rath. Das veranlaßte mich auch in das Zimmer zu treten, das Sie mit Ihrer lieben Gattin inne hatten; dabei fällt mir ein, da die Sache nun aufgeklärt ist, Sie waren damals aus dem Lokal entflohen, ohne Ihre Rechnung zu bezahlen, und da die Leute viel Lärm darüber machten, bezahlte ich sie, schon aus collegialischen Rücksichten. Es betrug 10 Thaler.

August. O, o! (Zieht schnell die Brieftasche heraus.) Hier, mein verehrtester Herr Rath, erlauben Sie, daß ich meine Schulden sogleich bezahle.

Rath. Mein Gott, es war ja nicht deswegen. Aber jetzt würde ich Sie bitten, mir ein Zimmer anzuweisen, um mich einen Augenblick auszuruhen und dann einen Brief zu schreiben; und dann bitte ich Sie, in einer halben Stunde meinen Wagen anspannen zu lassen. (Er geht, wendet sich und kehrt noch einmal um.) Das heißt, ich fahre selbstverständlich nicht früher fort, bis ich Ihre liebe Frau gesprochen habe. Sie können sich denken, daß ich neugierig bin, wie ihr der Berliner Aufenthalt convenirt hat. (Rechts ab.)

August. So, der erste Sturm wäre abgeschlagen; aber jetzt heißt es, alle Mittel der Ueberlegung in Anwendung bringen, daß der unglückliche Rath meine Frau nicht spricht.

2. Scene.

August. Berthold.

Berthold (durch die Mitte). Guten Tag August, störe ich?

August. Durchaus nicht, lieber Freund! (Für sich.) Ich bin ein guter Christ, aber wenn den jetzt der Teufel holte, hätte ich nichts dagegen.

Berthold. Alter Freund, ich habe Wichtiges mit Dir zu reden, und da Du weißt, daß ich kein Freund von vielen Worten bin, so höre mich an, kurz und gut; ich liebe Deine Cousine Aennchen, ich habe das Glück, daß sie mich wieder liebt, wir sind einig, und so bitte ich Dich um Deine Einwilligung.

August. Herrlich, herrlich! Ich willige ein von ganzem Herzen, aber das überrascht mich im höchsten Grade, bis zu diesem Augenblicke habe ich keine Silbe davon geahnt.

Berthold. Mein Gott, mein Aennchen sagte mir doch, daß sie Dir vor einer Stunde Alles entdeckt habe.

August. Wirklich? komisch, dann muß ich es vergessen haben, aber das thut nichts, ich wünsche unserm Aennchen keinen bessern Mann als Dich. Lebt froh und zufrieden in Eurer Ehe, aber damit sie durch nichts gestört werde, so laß Dir einen guten Rath von mir auf Deinem neuen Lebenspfad mittheilen.

Berthold. Nun?

August. Gehe nie nach Berlin.

Berthold. Weshalb denn?!

August. Das darf ich Dir als Geistlicher gar nicht sagen.

Berthold. Aber meine Geschäfte führen mich öfter dorthin.

August. Na denn nimm wenigstens Vernunft an, und was Du zu überlegen hast, überlege es nie allein und nie an einer Straßenecke.

Berthold (sieht ihn erst an und bricht dann allmählig in lautes Gelächter aus). Ah, jetzt verstehe ich Dich, jetzt verstehe ich Dich!

August. Pst, sei ruhig.

Berthold. Sage mir doch, Du ehrsamer Herr Pfarrer, wie bist Du denn an jenem Abend in das bewußte Ballokal gekommen?

August (ihn anstaunend). Wie? Du weißt, daß ich dort gewesen.

Berthold. Gewiß! denn ich war ja selber da. Es war meine letzte Nacht in Berlin und ich kneipte mit meinen Freunden durch; mit einem Male sehe ich Dich in einer Loge sitzen, traue meinen

Augen kaum, eile hinauf, aber in demselben Augenblick warst Du auch verschwunden. Nichts weiter, wie einen Damenhut, fanden wir vor.

August (springt wüthend auf). Um Gotteswillen, schweig!

Bertholb. Na, na, na! was glaubst Du denn? Wofür hältst Du mich denn? Dabei fällt mir ein, Du bist ja dem Kellner mit der Zeche ausgekniffen, der machte einen Mordspektakel, und um Dich nicht zu compromittiren, habe ich zehn Thaler für Dich bezahlt.

August. Du auch? Na, doppelt reißt nicht. (Giebt ihm aus der Brieftasche Geld.) Da, sei so gut!

Bertholb. Na, das hat ja keine Eile, und nun Adieu — und denke daran, wenn Du am nächsten Sonntag die armen Sünder abkanzelst, daß Du, alter Junge, auch selber hinter'm Ofen gesteckt hast. (Ab.)

August. O, o, das alte Lied hat Recht, das alte Lied hat Recht; die Sonne bringt es an den Tag.

3. Scene.

August, Lotte, (dann) Carl.

Lotte. Herr Pfarrer, ich komme mit einer großen Bitte, ich möchte nämlich schon in sechs Wochen meinen Dienst verlassen, weil ich den Wunsch habe, zu heirathen; Sie werden's begreifen, wenn ich Ihnen sage, daß mein Bräutigam Carl heißt.

August. Nun, das ist doch noch kein genügender Grund.

Lotte. Ja, aber er ist Oberkellner.

August. Ah, das ist etwas Anderes; aber bei alledem scheint mir, daß das eine Sache ist, die Du lieber meiner Frau vortragen wirst.

Lotte. Das habe ich auch schon gethan, aber da habe ich kein Glück mit gehabt; erlauben Sie nur, daß ich ihn Ihnen vorstellen darf, dann werden Sie gleich anders darüber denken. (Läuft zur Mittelthür und zieht Carl herein.) So komm nur herein, Carlemännchen; es ist so, wie ich Dir gesagt, der Pfarrer freut sich schon unsinnig auf Deine Bekanntschaft.

Carl. Ergebenster Diener, Herr Pfarrer.

August. Sehr angenehm.

Lotte. Nun mach' die Sache nur recht dringend und schrecklich.

Carl. Ja, Herr Pfarrer, ich bin nur gekommen, weil, Sie wissen ja, denn dafür sind Sie angestellt, ich und die Lotte und die Lotte und ich wir lieben uns nämlich furchtbar und Sie haben ja

das selbst gelernt, was der Himmel zusammenfügt oder zusammen=
gefügt hat, das soll der Mensch nicht trennen; so muß es doch in
der Bibel stehen, wenn ich nicht Alles verlernt habe.

August. Ganz wohl, liebe Kinder, indessen —

Carl (den Pfarrer betrachtend). Donnerwetter, der kommt mir so
bekannt vor.

Lotte. Und verlassen Sie sich darauf, es wird uns gut gehen,
wir richten eine Restauration ein und werden sehr glücklich sein,
wenn uns der Herr Pfarrer die Ehre geben wollen.

August. Gewiß, gewiß, warum denn nicht.

Carl (bei Seite). Den muß ich schon wo gesehen haben.

August. Und wo wollt Ihr denn eine Restauration ein=
richten?

Carl. In Berlin.

August. In Berlin? so? in dem Sodom und Gomorrha?
Wollt Ihr vielleicht auch rothe Laternen hinausstecken und den Leu=
ten Soupers für zehn Thaler serviren, von denen sie zwar nichts
zu essen bekommen, die sie aber nachher doppelt bezahlen müssen.

Carl (bei Seite). Ah, jetzt erkenne ich ihn, er ist es.

August. Sollte man glauben, daß es solche gewissenlose
Leute giebt, sich zweimal bezahlen lassen, was nicht einmal ge=
gessen ist.

Carl. Na, Herr Pastor, so 'was kommt schon vor; ist mir
selber begegnet, noch gar nicht lange her, da kam ein würdiger Herr
vom Lande mit einer Dame, bestellt Austern und Champagner —

August (starrt ihn an). Austern und Champagner?

Carl. Ja, ich bringe es ihm; aber wie es an's Bezahlen
geht, war der würdige Herr ausgekniffen und nun habe ich das
Vergnügen, daß ich für den Rest einstehen muß; zehn Thaler! Was
sagen Sie dazu?

August (bei Seite). Schrecklich! (Laut.) Ich sage, daß man den
Mann entschieden verkannt hat, und damit Du ihn nicht weiter ver=
leumdest, so nimm hier die zehn Thaler, ich bin überzeugt, es war
ein Kollege von mir, wollt ich sagen, es war auch ein anständiger
Mensch.

Carl. Danke schön, danke schön, na und mit unsere Hochzeit,
das bringen Sie doch nun bald in Ordnung?

August. Ja, ja!

Carl. Herr Pastor, Sie könnten uns übrigens auch selber
trauen.

August. Ja, ja!

Carl. Das heißt, ich meine ohne Anwendung von Taxgebühren,
denn sonst wäre es mir schon egal.

August (wüthend). Ja, ja, ja, ohne Taxgebühren.

2*

Lotte. Aber Carlemännchen, Du fängst wirklich an, unverschämt zu werden.

Carl. Da wir doch nun einmal dabei sind, wie wär's denn mit einer so ganz kleinen Aussteuer; ich bin nicht stolz, viel verlange ich nicht.

August. Ja, ja, auch das.

Carl. Na, und denn so'n paar Dutzend Thaler für's Hochzeitessen.

August. Ja, ja!

Lotte. Na denn komm Carlemännchen, komm!

August (allein). Das war derselbe Kellner, dem ich in der Unglücksnacht mit der Zeche durchgebrannt bin.

4. Scene.

August. Hänfling.

Hänfling. Nun, lieber August, wie steht's denn?

August (matt). Wie es steht? nichts mehr, lieber Hänfling, gar nichts; Alles fällt um mich herum zusammen, ich will nur so schnell als möglich des Raths Wagen anspannen lassen, um nur ihn erst los zu werden; achte nur darauf, daß der Rath meine Frau nicht findet, und findet er sie wirklich, dann sagst Du ihm, es ist nicht meine Frau, sondern es ist meine Großmutter. (Wankt durch die Mitte ab.)

Hänfling. Der arme Junge bildet sich da in all' seiner Unschuld ein, etwas Böses begangen zu haben; nun gilt's, ihn aus der Verlegenheit herauszubringen, ja, wenn ich nicht wäre, was könnte da noch alles aus der Begebenheit sich entwickeln.

5. Scene.

Hänfling. Rath (kommt mit dem Hut in der Hand von rechts).

Rath. Ach, da sind Sie ja, mein lieber Küster; nun, wo ist denn der Herr Pfarrer?

Hänfling. Er wollte anspannen lassen.

Rath. Schön, und die Frau Pfarrerin?

Hänfling. Mit dem Frühstück für den Herrn Rath beschäftigt.

Rath. Dauert etwas lange mit dem Frühstück. (Setzt sich.) Also bis dieses Frühstück erscheint, könnten Sie mir wohl dies und jenes über unsern guten Herrn Pfarrer mittheilen; wie ich vernommen habe, nennen Sie sich ja Du.

Hänfling. Ach Gott, das ist nun so von früher her, ich habe ihn auferzogen, er ist so halb und halb mein Sohn.

Rath. Ich habe zu meiner Freude nur Gutes über ihn gehört.

Hänfling. Gutes? verlassen Sie sich darauf, da haben Sie das Richtige gehört; ich brauche ja nur von mir zu reden, denken Sie 'mal, ich bin Küster und Dorfschulmeister, habe folglich sieben Kinder, die müssen doch mit der Zeit untergebracht werden und da hat der Herr Pfarrer denn auch gleich für meine Aelteste gesorgt; hat sie in ein Weißwaaren=Geschäft in Berlin hineingebracht, und nun ist sie schon so weit, daß sie sich selber mit einem offenen Geschäft etabliren konnte.

Rath. Oh, das ist für einen Landpfarrer alles Mögliche; wie alt ist denn diese Tochter?

Hänfling. 21 Jahre.

Rath. Sieh, sieh! Und ist diese 21 jährige Tochter auch eine hübsche Tochter?

Hänfling. O gewiß, Herr Rath, ein reizendes Wesen; wenn Sie mich einen Moment betrachten wollen, können Sie sich ein treues Bild von ihr machen.

Rath. So, na das geht noch an. Wo hat sie denn das offene Geschäft?

Hänfling. In der Linienstraße 43.

Rath. So, so, will doch 'mal bei Gelegenheit nachfragen. Der Herr Pfarrer lebt wohl recht glücklich in seiner Ehe?

Hänfling. O unbeschreiblich, wie die Turteltauben, gehen gar nicht auseinander. Sie war sogar mit ihm in Berlin.

Rath. Wirklich? (Für sich.) So hat er mich also doch nicht belogen. (Laut.) Können Sie denn diese liebenswürdige Frau nicht herbeirufen? ich wünsche ihre Bekanntschaft zu machen.

Hänfling. Augenblicklich! (Geht, kehrt aber gleich wieder um.) Das heißt, Herr Rath, die Madame befindet sich gerade in der Küche und dürfte deshalb etwas schwarz aussehen.

Rath. Das thut nichts, die Frau ist in der Häuslichkeit am schönsten und wenn sie noch so schwarz aussieht.

Hänfling. Wie Sie meinen. (Geht, kehrt gleich wieder um.) Herr Rath, ich glaube, es würde doch besser sein, wenn ich ihr sagte, daß sie sich ein Bischen waschen soll.

Rath. Meinetwegen, aber machen Sie nur, daß Sie endlich fortkommen.

Hänfling. Gut, ich werde die Sache im Galopp abmachen. (Geht sehr langsam zur Mittelthür.)

6. Scene.

Elise. Hänfling. Rath.

Elise (tritt rasch von links auf). Wo mag denn nur — Ach, verzeihen Sie, ohne Zweifel Herr Rath Zornbock.
Rath. Ich habe die Ehre — und Sie, meine schönste Frau? gewiß die Frau Pfarrerin.
Hänfling (mit einem Satze zwischen Beide stürzend und aufschreiend). Nein, das ist die Schwester des Herrn Pfarrers.
Elise (sehr verwundert). Was sagen Sie?
Hänfling (schnell und leise). Still, Sie sind die Schwester, oder August ist todt.
Rath. Sieh, sieh! Also des Herrn Pfarrers Schwester. Ah, noch ledigen Standes? wenn man fragen darf.
Hänfling (rasch und verwirrt). Ja, ja, sie kann nämlich keinen Mann kriegen.
Elise (empört zu Hänfling). Aber Herr Hänfling!
Rath (lächelnd). Nun, nun, es war ja nicht so böse gemeint. (Für sich.) Eine so anmuthige Person hätte ich auf diesem Dorfe gar nicht vermuthet. Dürfte ich Sie bitten, mein Fräulein, mich zu Ihrer Frau Schwägerin zu führen.
Elise. Ich soll!
Hänfling. O Himmel!

7. Scene.

Vorige. Aennchen.

Aennchen (kommt mit einem Präsentirbrett, auf welchem eine Tasse Chokolade steht, durch die Mitte). So! hier ist die Chokolade für den Herrn Rath.
Rath (wendet sich zu ihr). Ach! das ist wohl —?
Hänfling (mit raschem Entschlusse zwischen Beide springend und schreiend). Die Frau Pfarrerin, ja, ja, das ist sie.
Elise und Aennchen (gleichzeitig). Na nun!
Hänfling (nimmt schnell die Tasse vom Brett und setzt sie dem Rath an den Mund). Trinken Sie, Herr Rath, trinken Sie, sonst wird sie kalt.
Rath. Danke, danke. (Trinkt und verbrennt sich den Mund). Au! schwere Noth, wie heiß!

Hänfling (schnell und leise zu Aennchen). Wenn Sie jetzt nicht dabei bleiben, die Pfarrerin zu sein, denn ist er todt.
Aennchen. Wer?
Hänfling. Nun, der August.
Aennchen. Aber wieso?
Hänfling. Das geht Sie nichts an, besonders, weil keine Zeit mehr ist.

8. Scene.
Vorige. August.

August. Der Wagen ist angespannt. (Erblickt seine Frau, erschrocken.) Ha! —
Rath. Schon angespannt?
Hänfling (schnell). Ich habe unterdessen den Herrn Rath mit den Damen bekannt gemacht, habe ihm hier Deine liebe Schwester, und da (auf Aennchen zeigend) Deine gute Frau vorgestellt.
August (begreifend). Ach so, ich danke Dir für Deine Mühe.
Rath. Wie beneidenswürdig ein Haus, was solche Penaten aufzuweisen hat.
August. Gewiß, gewiß! Aber Ihr Wagen, Herr Rath, wartet.
Rath. Nun wohl denn, so muß ich scheiden. (Versucht zu trinken.) Die Chokolade ist verdammt heiß.
Hänfling. Erlauben Sie, daß ich ein Bischen pusten darf. (Nimmt ihm die Tasse weg und bläst auf die Chokolade.)
Rath. Bitte, bitte! Inkommodiren Sie sich nicht.
August (setzt dem Rath seinen Hut auf). Hier ist Ihr Hut, hochverehrtester Herr Rath.
Rath (zu Aennchen). Also Frau Pfarrerin, es hat mich außerordentlich gefreut. (Zu Elise, sehr galant.) Mein liebenswürdiges Fräulein —
Hänfling (trinkt auf einen Zug die Chokolade aus).
(Man hört ein Extrapost-Signal.)
Rath. Donnerwetter, da ist der Wagen schon, ich möchte aber doch erst meine Chokolade —
Hänfling. Die ist schon ausgetrunken. (Zeigt ihm die leere Tasse.)
Rath (verdutzt). Na, das ist sonderbar; nun dann Adieu allerseits, und besten Dank für die freundliche Aufnahme.
August und Hänfling (zusammen, indem sie den Rath sanft zur Thür schieben). Leben Sie wohl, mein lieber Herr Rath, glückliche Reise, kommen Sie wohl nach Hause, behalten Sie uns im freundlichen Andenken.

Hänfling (schieben ihn hinaus). Kommen Sie recht bald wieder.
Elise und Aennchen (sehen sich verwundert an).
August. Unglücklicher, was fällt Dir ein. Nun, nun — (Beide dem Rath nach.)

9. Scene.

Elise. Aennchen.

Elise. Begreifst Du das, Aennchen?
Aennchen. Nicht die Spur.
Elise. Ich soll August's Schwester sein?
Aennchen. Und ich die Frau Pfarrerin?
Elise. Ja, was soll denn das bedeuten?
Aennchen. Ich weiß es nicht.

10. Scene.

Vorige. August.

August (kommt vergnügt durch die Mitte). Dem Himmel sei Dank, er ist fort.
Elise. August, erkläre mir doch — —
August. Kinder, Ihr sollt ja Alles wissen, laßt mich nur erst zu Athem kommen.
Elise. Nein, nein! hier ist jetzt nicht von Athem die Rede, sondern von der Wahrheit. Wie kommt der Küster dazu, zu sagen, daß ich Deine Schwester sei?
August. Das hat der Küster gesagt?
Elise. Nun ja.
Aennchen. Und wie kommt der Küster dazu, zu sagen, daß ich die Frau Pfarrerin sei.
August. Das hat der Küster gesagt?
Beide Damen. Nun ja.
August. Nun, wenn's der Küster gesagt hat, denn muß er's doch wissen; übrigens ist die Sache ganz einfach. Gesetzten Falls, der Rath hätte gewußt, daß Aennchen nicht die Frau Pfarrerin sei, dann konnte er Dich, liebe Elise, doch nicht für Aennchen halten; oder vielmehr, er hätte geglaubt, die Pfarrerin sei die Schwester, dann hätte selbstverständlich Aennchen — — Nun wird's Euch doch wohl klar geworden sein. (Will gehen.)
Beide Damen (ihn zurückhaltend). Durchaus nicht.

August (kopfschüttelnd). Unbegreiflich! Bei solcher deutlichen Aus=
einandersetzung.

11. Scene.

Vorige. Hänfling.

Hänfling (fröhlich hereinkommend). Augustchen, Augustchen! Er ist
fort. So eben ist der Wagen zum Thore hinausgerollt.
August. Ah, eben recht; an den haltet Euch, das ist der
Mann, der Euch alles aufklären wird.
Beide Damen. Nun, nun?
Hänfling (verlegen). Das ist doch ganz klar, der Rath wollte
doch die Chokolade, und wenn nun die Schwester die Chokolade nicht
bringt, sondern die Frau, dann müßte doch die natürliche Verwechs=
lung der Geschlechter — — Aber lieber August, erzähle Du doch
die Geschichte.
Elise. Nun werde ich aber bald die Geduld verlieren.
August. Nein, nein, nicht doch, nicht doch! Ich will Euch
Alles erklären. Ihr wißt ja, es liegt in den Händen des Herrn
Rath, mir die Gehaltszulage von 500 Thalern zuzuwenden. In
Folge dessen frug er den Hänfling, ob ich starke Familie hätte, denn
dieser Umstand fällt dabei sehr in's Gewicht. Nun hat es dem Him=
mel gefallen, uns noch nicht mit Kindern zu segnen, und um diesem
Mangel abzuhelfen, dichtete mir Hänfling eine Schwester an.
Hänfling. So ist es! Und als die Frau Pfarrerin gerade
in das Zimmer traten, frug mich der Herr Rath halblaut, ob das
die Schwester sei und ich sagte in meiner Todesangst, ja.
Elise. O, da haben Sie ein großes Unrecht begangen, mein
lieber Herr Hänfling.
Aennchen. Ja, ja, ein sehr großes Unrecht.
August. Ja, ja, das muß ich Dir auch sagen, Hänfling, ein
sehr großes Unrecht.
Hänfling. Aber August! Ist das Dein Ernst?
August (leise). Warum nicht gar, denke nicht daran; erwarte
mich auf der Kegelbahn, ich komme gleich nach.
Hänfling (laut). Na, ich sehe schon, wie's hier steht; es ist
die alte Erfahrung, Undank ist der Welt Lohn. (Leise zu August.) Du
komm mir wieder, daß ich Dich aus der Patsche ziehen soll. (Laut.)
Empfehle mich allerseits. (Ab.)
August. Nun Kinderchen, seid mir nicht böse, der Rath ist
fort, er wird nicht mehr an die Geschichte denken; die Hauptsache
ist, ich habe meine 500 Thaler sicher, mein gutes Elischen beköm̃t

zwei neue Kleider, zum Winter einen schönen Pelz, zu Aennchens Aussteuer kann ich auch etwas beitragen und mein alter Papa Hänfling bekommt einen neuen schwarzen Anzug. Ach Kinder, ich bin so fröhlich, so heiter, ich will 'mal heute ein ganz fideler Kerl sein, wie in meinen jungen Jahren. Lieschen, Du läßt ein paar tüchtige Eierkuchen zu Abend backen; ein paar Fläschchen alten Grüneberger aus dem Keller; da trinken wir auf glückliche Zukunft. Abieu, süßes Weibchen, abieu liebes Aennchen! Wenn Eichmann kommt, dann schickt ihn mir auf die Kegelbahn, heute schiebe ich „Alle Neune" viermal in einem Athem. (Trällert.) „Lasset die feurigen Bomben erschallen, piff, paff, puff juvivallerallera!" (Ab durch die Mitte.)

Elise (ihm erstaunt nachsehend). Ich bitte Dich, Aennchen, was sagst Du zu meinem Mann? So ausgelassen habe ich ihn noch nie gesehen.

Aennchen. Mein Gott, es ist die Freude über die Zulage.

Elise. Aber was hätte das Alles für Verwirrung geben können.

Aennchen. Nicht wahr? Und wenn der Rath nun dieser Tage einmal wieder käme.

Elise. Wir wären faktisch gezwungen, weiter zu lügen und unsere bisherigen Rollen festzuhalten, um meinen Mann nicht zu kompromittiren. Es war aber allerliebst, mit welcher Eile sie den Rath zur Abreise drängten.

Aennchen. Und ihm sogar den Hut aufsetzten. Hahaha!

Elise. Der arme, gute Herr Rath. Haha!

Aennchen. Wenn der wüßte, wie wir ihn zum Narren gehabt, haha!

Beide Damen (herzlich lachend). Hahahaha!

12. Scene.

Vorige. Der Rath (tritt schnell ein).

Rath (sehr laut). Bitte tausend Mal um Entschuldigung, meine Damen.

Beide Damen (stoßen gleichzeitig einen Schreckensschrei aus). Ha!

Rath. Habe ich Sie erschreckt, meine Damen? Pardon! habe zweimal geklopft, Sie schienen aber in so lebhafter Unterhaltung begriffen zu sein.

Elise (sehr verlegen). O bitte recht sehr, Herr Rath.

Rath. Es ist mir ein Unglück passirt, dicht vor dem Thor brach eine Axe an meinem Wagen und der Schmied braucht vier bis fünf Stunden, um den Schaden zu repariren; es bleibt mir nichts übrig, als inzwischen Ihre Gastfreundschaft in Anspruch zu nehmen, Frau Pfarrerin. (Bei Seite.) So gewinne ich Zeit, mich dieser reizenden Schwester zu nähern. Ich habe selten in meinem Leben ein so liebliches und begehrliches Wesen gesehen, wie sie.

Aennchen (ängstlich). Sie sind uns herzlich willkommen, Herr Rath.

Elise (rasch aufstehend). Du unterhältst wohl den Herrn Rath, liebe Schwägerin, ich will nur nach dem Mittagessen sehen.

Aennchen. Das wollt' ich eben thun, als Hausfrau kommt mir das zu; unterhalte Du nur den Herrn Rath inzwischen. (Läuft durch die Mitte ab.)

Elise (für sich). O Gott, wie wird das enden? (Setzt sich wieder.)

Rath. Muß nur bitten, nicht die geringste Rücksicht auf mich zu nehmen, da ich als Junggeselle an besondere Bequemlichkeiten gar nicht gewöhnt bin.

Elise. Wie? Sie haben keine Familie, Herr Rath?

Rath. Leider nein. Es ist heutzutage so schwer, eine häusliche und sittsame Frau, ganz besonders für meinen Stand zu finden.

Elise. O, das findet sich schon, Herr Rath, verlassen Sie sich darauf.

Rath. Auch dürfte ich für eine jüngere Dame wohl schon ein Wenig zu sehr an Jahren vorgeschritten sein.

Elise. O mein Ma —— mein Bruder sagt immer, das wären die besten Ehen, in denen der Mann jung und die Frau alt ist.

Rath. Ja, aber ich bin eben nicht mehr jung.

Elise. Ach so, nein ich habe mich versprochen, ich wollte sagen, in denen die Frau jung und der Mann —— älter ist.

Rath. Wirklich? Ja, Ihr Bruder muß Recht haben; er soll ja sehr glücklich mit seiner jungen Frau leben.

Elise. Ja, sehr glücklich.

Rath. Sie soll ihn ja so innig lieben, daß sie gar nicht von ihm sich trennen kann. Sogar auf der Reise nach Berlin hat sie ihn begleitet.

Elise. Auf welcher Reise?

Rath. Nun auf der, welche er vor sechs Wochen zu mir nach Berlin machte.

Elise. Ha, da sind Sie im Irrthum, Herr Rath, die Frau Pfarrerin war nicht mit in Berlin.

Rath. O bitte um Entschuldigung, das weiß ich ganz gewiß.

Elise (für sich). Was bedeutet das? (Springt auf.) Entschuldigen Sie einen Moment; wo ist denn nur der Kalender vom vorigen Jahre? Ha, hier — (Blättert darin.)

Rath. Was suchen Sie?

Elise. O, ich wollte nur etwas im Kalender nachsehen. (Für sich.) Hier ist es notirt; vom 16. bis 22. war August in Berlin, vom 17. bis 22, also in derselben Zeit, war Aennchen bei Tante Aurelie zum Besuch. Oh! (Der Kalender entsinkt ihr, sie starrt entsetzt vor sich hin.) Also Sie meinen, daß mein Mann — mein Bruder mit der Pfarrerin zusammen in Berlin war?

Rath (lächelnd). Gewiß! Habe sie ja selbst gesehen, überraschte das junge Paar sogar 'mal beim Abendbrob, doch das gehört nicht hierher.

Elise (ganz verstört). Gesehen? Beim Abendbrob überrascht? O, zu viel, zu viel.

Rath (springt auf). Mein Himmel, was ist Ihnen denn?

Elise. O nichts, gar nichts. Nur ein augenblickliches Unwohlsein.

Rath. Ich will sogleich ein Glas Wasser —

Elise. Nein, nein, es geht vorüber; auf meinem Zimmer wird mir schon besser werden. (Für sich.) Darum war er auch vorhin so verstört, als Eichmann um Aennchens Hand anhielt. Hm, hm! darum wünschte er, daß Eichmann in den Keller fallen sollte. O, Du entsetzlicher August. (Links ab.)

Rath. Was war denn das? Sie war ja ganz bewegt, sollten meine Worte einen solchen Eindruck auf Sie hervorgebracht haben? Es scheint ein gutes, sanftes Mädchen zu sein. Zum ersten Male, daß mir eine so reine, unschuldsvolle Seele entgegentritt; doch ganz etwas Anderes, als diese Produkte der großen Welt. Berührt Einen mit ganz neuem Reiz in seinen älteren Tagen, befreunde mich immer mehr mit dem Gedanken, dieses unschulbige Wesen mit meinem Leben zu verknüpfen.

13. Scene.

Rath. Aennchen.

Aennchen (schnell eintretend). Ah! Sie sind allein, Herr Rath? Wo ist meine Schwägerin?

Rath. Sie ging auf ihr Zimmer, das Fräulein wurde von einer plötzlichen Verstimmung erfaßt.

Aennchen. So, so! (Verbeißt sich das Lachen.)

Rath. Scheint ein recht gutes, liebes Mädchen zu sein, Ihre Schwägerin. Wenn ich fragen darf, wie heißt sie?

Aennchen. Elise! nein Aennchen! nein, doch Elise. (Lacht.)

Rath. Also Elise. Und ist sie noch nicht Braut?

Aennchen. Nein, Braut ist sie gegenwärtig nicht.
Rath. Das freut mich. Seh'n Sie, Frau Pfarrerin, ich bin es auch noch nicht.
Aennchen. Auch noch nicht Braut?
Rath. Nein, nicht doch — — ich wollte sagen — — Sie verstehen mich schon; eine verheirathete Frau, eine gesetzte Frau wie Sie, mit der kann man ja ein ungenirtes Wort reden.
Aennchen (den Stuhl zurückrückend). Na nun, er wird doch nicht?
Rath. Ich muß Ihnen gestehen, es war nicht so schlimm mit der zerbrochenen Axe, ich hätte schon noch weiter fahren können; aber es zog mich mit Gewalt nach diesem Hause zurück. Es wurde mir plötzlich sonnenklar, daß ich nie eine bessere Gattin finden könne, als Ihre Schwägerin.
Aennchen (das Lachen erstickend). Gattin? Elise? Ach, Herr Rath, woll'n wir nicht lieber von etwas Anderem sprechen?
Rath. Von etwas Anderem? Hm, hm, so, so! — Vermuthlich will sie, daß ich mich zuerst an die Eltern wenden soll, nun gut, also von etwas Anderem. Wenn ich fragen darf, wie hat's Ihnen in Berlin gefallen?
Aennchen. In Berlin?
Rath. Ja, Ihr Gatte erzählte mir, daß man Sie an jenem Abend schändlich dupirt habe. Abscheulich, Sie in ein solches Haus zu weisen, Sie waren gewiß recht erschrocken? Eine so sittsame Frau in einer solchen Umgebung.
Aennchen (für sich). Das wird ja immer besser.
Rath. Aber wohin entflohen Sie denn so schnell, als ich eintrat?
Aennchen. Ach, ich, ich — — Ach, lieber Herr Rath, woll'n wir nicht lieber von etwas Anderem sprechen?
Rath. Sehr wohl, sehr wohl. Also von etwas Anderem. Sagen Sie 'mal, Verehrteste, — kleine Familie haben Sie wohl noch nicht?
Aennchen (empört). Herr Rath! ich verbitte mir —
Rath. Wie?!
Aennchen. Ach so, ich verstand Sie nicht gleich recht. —
Rath. Ich fragte Sie, ob Sie liebe Kinderchen hätten?
Aennchen (verschämt). Nein — — noch nicht.
Rath. Nun, nun, ängstigen Sie sich nicht, das wird schon kommen.
Aennchen. Ach, lieber Herr Rath, woll'n wir nicht von etwas Anderem sprechen?
Rath (für sich). Die will immer was Anderes, scheint mir doch etwas beschränkter Natur zu sein.

14. Scene.

Vorige. Berthold.

Berthold (schnell durch die Mitte eintretend). Da bin ich wieder. (Sieht den Rath.) Ach, entschuldigen Sie.
Aennchen (erschrocken). Himmel, jetzt kommt der auch noch. Erlauben Sie, daß ich die Herrn einander vorstelle. Hier Herr Rath Zornbock, hier Herr Förster Eichmann, ein Freund meines Mannes.
Berthold (starrt Aennchen an). Was?
Aennchen (bei Seite, zu Berthold). Meines Mannes. Ich werde Dir schon Alles erklären; vorläufig kratze ich Dir die Augen aus, wenn Du es nicht gleich begreifst.
Berthold. Na nun?
Aennchen. Sie erlauben wohl, Herr Rath, daß ich Ihnen jetzt unsern Garten zeigen darf.
Rath. Mit dem größten Vergnügen, und dann wollen wir Ihren lieben Mann durch meine Zurückkunft überraschen.
Berthold. Ihren Mann?
Aennchen. Ja, Herr Eichmann. Bleiben Sie nur immer hier; mein Mann, der Pfarrer, wird Ihnen dann schon Alles sagen. (Aennchen und Rath durch die Mitte ab.)
Berthold. Ihr Mann? Frau Pfarrerin? Zum Teufel, was sind denn das für faule Witze; aber einen Grund muß es doch haben, denn sie trat mich auf den Fuß und zwickte mich in den Arm zu gleicher Zeit; das sind überzeugende Gründe, gegen die sich nichts einwenden läßt. Schwerenoth und ich stehe hier allein, wie ein dummer Junge? Aufklärung will ich haben.

15. Scene.

Berthold. Hänfling.

Hänfling. Ah, da ist er ja. Der Pfarrer läßt Ihnen sagen, Sie sollen doch gleich auf die Kegelbahn kommen. Der Bürgermeister und der Doktor sind auch da; es geht höllisch fidel her. Mein Gott, ich vergesse ganz, daß ich Küster bin, es geht sehr fidel her, wollt' ich sagen.
Berthold. Geh'n Sie mir mit der Kegelbahn, ich verlange Aufschluß.

Hänfling. Worüber?
Bertholb. Seit wann ist Fräulein Aennchen Frau Pfarrerin?
Hänfling. So viel ich weiß, seit nie.
Bertholb. Ich sage aber ja, denn ich habe es gehört vor 5 Minuten. Vor 5 Minuten noch sagte der Rath zu Aennchen „Frau Pfarrerin!"
Hänfling. Der Rath? Hm! Sie sind wohl krank? Der ist vor 35 Minuten abgefahren.
Bertholb. Das ist möglich, aber vor 15 Minuten ist er wieder angefahren.
Hänfling. Himmel!
Bertholb. Er ist mit dem Fräulein Pfarrerin in den Garten gegangen.
Hänfling (fällt in's Sopha). Ich bin todt. (Springt wieder auf.) Sie haben doch nicht etwa was gesagt?
Bertholb. Gott bewahre! Ich bin doch nicht so bornirt. Wenn man mich auf den Fuß tritt und mich in den Arm zwickt, dann begreife ich Alles.
Hänfling. Das ist gut, das ist gut. Also es bleibt dabei, Aennchen ist die Pfarrerin, sie muß die Pfarrerin sein, denn der Rath hat sie ja schon in Berlin gesehen und August hat sie ihm dort als seine Frau vorgestellt. Es war ja nur ein schlechter Witz.
Bertholb. Was?
Hänfling. Ja, aber die Geschichte muß mir tiefes Geheimniß bleiben.
Bertholb. Ein Geheimniß? O, immer besser. (Fällt mit grimmigem Lachen in den Stuhl.) Also das unschuldige, naive Aennchen und dieser ehrenhafte Landpfarrer waren zusammen als Mann und Frau in Berlin? Gewiß um dieselbe Zeit, wo sie die Turteltauben geschenkt bekommen hat. Ah, jetzt wird mir auch klar, welcher Dame an jenem Abend der Hut gehörte, den wir fanden.
Hänfling. Ja, was geht Sie denn die ganze Geschichte an?
Bertholb (wüthend). Das fragst Du noch, alter Sünder? Du bist wohl noch obenein der Gelegenheitsmacher gewesen, siehst ganz so aus; zum Dank dafür hat wohl auch Deine Tochter Emilie ihren Weißwaaren=Laden bekommen? Hinaus mit Dir, Erbärmlicher. (Drängt Hänfling, der vergebens reden will, zur Thür hinaus.) Aber bin ich nicht ein Thor? Was habe ich mit dem zu schaffen? August soll mir Rede stehen, den schieße ich todt. Nein, das nützt mir nichts, der redet sich auf seinen geistlichen Stand aus und schießt sich nicht. Gut, dann schieß' ich sie todt. Aber nein, ich will meine ehrliche

Hand nicht mit ihrem falschen Blute beflecken. Dann schieße ich mich todt. — Einer wird todt geschossen, das steht fest.

16. Scene.

Berthold. August.

August (kommt heiter durch die Mitte). Das war eine herrliche Kegelparthie. Ah, da bist Du ja, Berthold.
Berthold. Ja!
August. Warum bist Du denn nicht zur Kegelbahn gekommen?
Berthold. War gar nicht nöthig, habe meine Parthie schon hier gemacht, habe mich auch herrlich amüsirt, gerade so, wie Du vor 6 Monaten in Berlin.
August. Thu' mir den Gefallen, schweig' doch von der dummen Geschichte, das erzähle ich Dir schon später einmal.
Berthold. Später? Vielleicht nach meiner Hochzeit mit Aennchen?
August. Gewiß, gewiß! Nachher! Wozu denn vorher? So was braucht man ja nicht zu wissen. Wenn das Hochzeitsmahl vorüber ist, oder noch besser, am andern Morgen zum Frühstück rauchen wir ein Pfeifchen und ich erzähle Dir offen und gemüthlich den ganzen Berliner Witz.
Berthold (zitternd vor Wuth). Also vor der Hochzeit erzählst Du mir nichts?
August. Nicht die Spur. Erst müssen wir verwandt sein, dann bleibt die Geschichte unter uns.
Berthold (packt ihn wüthend bei der Brust). Scheusal!
August (erschrocken). Aber Berthold!
Berthold. Nein, Du bist mir zu schlecht, um Dich zu tödten; aber es bleibt dabei, was ich gesagt habe, Einer wird's, ich weiß noch nicht, wer? aber Einer wird todt geschossen.

17. Scene.

Vorige. Aennchen.

Aennchen. Ach, lieber Berthold, da bist Du ja noch.
Berthold. Zurück!
Aennchen (erschrocken). Mein Himmel!
Berthold. Ich bin nicht mehr Ihr lieber Berthold, mein

Fräulein, bitte reisen Sie wieder nach Berlin zu Ihrer Tante Aurelie und grüßen Sie die Turteltauben. (Stürzt durch die Mitte ab.)

August. Ja, was soll denn das heißen? Ist der Mensch verrückt geworden?

Aennchen (weinend). Ach, siehst Du, das wußte ich schon, daß die verdammte Lüge solche Folgen haben würde. Nun hält er mich für treulos und Du bist an Allem schuld, Vetter.

August. Ich! Aber Kind! So saß Dich doch, erzähle mir nur, was ist denn geschehen?. (Umfaßt sie mit dem einen Arm und sucht mit seiner Hand ihr die Hände vom Gesicht zu ziehen.) Beruhige Dich, mein liebes Aennchen.

18. Scene.

Vorige. Elise.

Elise (rasch von links auftretend, sieht die Gruppe und bricht in ein höhnisches Gelächter aus). Hahaha!

August (sich erschrocken umwendend). Ach, Du bist's, Elise.

Elise. O bitte, entschuldige nur, wenn ich Euch gestört habe.

August. O, Du störest uns gar nicht, liebe Elise.

Elise. Das glaube ich wohl, habe Euch ja in Berlin auch nicht gestört. Bitte, mein Fräulein, wenn Sie wieder nach Berlin reisen zu Tante Aurelie, grüßen Sie doch die Turteltauben von mir.

August. Nun kommt die auch mit den Turteltauben.

Aennchen (weinend). Siehst Du, Vetter, ich habe es Dir vorher gesagt, das kommt davon. (Läuft weinend ab.)

August. Aber, liebe Elise, willst Du mir nun endlich sagen?

Elise. Ich habe Ihnen nichts mehr zu sagen, mein Herr.

August. Ihnen? Du behandelst mich pluraliter?

Elise. O, das ist noch nicht schlecht genug behandelt für einen Menschen, der — der — der — O, wenn ich nicht Pfarrerin und zur christlichen Liebe verpflichtet wäre, ich wollte Dir die Augen auskratzen. (Eilt rasch links ab.)

August (blickt ihr erstaunt nach). Was ist denn geschehen? Mein Verstand fängt an, im Ring zu gehen. Mein sanftes Weibchen, und Augen auskratzen? O, o, o!

19. Scene.

Vorige. Hänfling. (Später der) Rath. (Zuletzt) Elise und Aennchen.

Hänfling (stürzt athemlos herein und fällt auf den Stuhl am Fenster.) August, einziger, geliebter, goldener August.

August. Dem Himmel sei Dank! Doch endlich ein Mensch, ein Mensch mit fünf Sinnen. Was ist hier geschehen, Hänfling?

Hänfling (matt). Laß mir nur Ruhe, lieber August. Ich bitte Dich, sieh' Dich mal um, hier irgendwo müssen ein paar Rippen von mir liegen.

August. Laß sie liegen, aber sprich.

Hänfling. Ich kann noch nicht, Du mußt mir noch ein paar Minuten Ruhe gönnen.

Rath (tritt ein und schleicht, während der folgenden Rede lächelnd, hinter August).

August. Nun gut, meinetwegen noch 5 Minuten Geduld, ich will zeigen, daß ich ein Pfarrer bin und mich in Demuth zu fassen weiß.

Rath (hält August von rückwärts die Augen zu).

August. Na nu! Was ist denn das?

Hänfling. Entsetzlich! jetzt schlägt der Blitz ein.

August. Soll ich rathen? Ach, ich weiß schon, die ganze Scene von vorhin war nur ein Scherz, und Du, mein gutes Elischen —

Rath. Hahaha, Elischen! Ja wohl! (Läßt ihn lachend los.)

August (den Rath anstarrend). Allmächtiger Gott, wo kommt der entsetzliche Mensch wieder her?

Rath (fröhlich). Elischen, Elischen riefen Sie, mein würdiger Herr Pfarrer. Ich halte das für eine gute Vorbedeutung, und so komme ich denn, nachdem ich mir die Sache eine halbe Stunde überlegt habe, zu Ihnen zurück, um die Hand Ihrer Schwester Elise bei Ihnen anzuhalten.

August (aufschreiend). Elise, Elise, o! (Er will zur Thür.)

Rath. Was ist denn? wo woll'n Sie hin?

August. Ich, ich — — ich habe keine Zeit, ich habe eine Beerdigung. (Läuft durch die Mitte ab.)

Rath (sich umwendend und auf Hänfling stoßend, den er festhält). So sagen Sie mir wenigstens, mein Freund.

Hänfling (ebenso). Lassen Sie mich, ich habe keine Zeit, ich habe eine Taufe. (Läuft durch die Mitte ab.)
Rath. Beerdigung? Taufe? Narrenhaus! Hilfe, Hilfe!
Die beiden Damen (hereinstürzend). Was ist denn geschehen?
Rath (schreit). Entsetzliches! Der Pfarrer und der Küster sind alle Beide verrückt geworden.

(Der Vorhang fällt.)

3. Akt.

1. Scene.

Rath. Elise. Aennchen.

Rath (zum Fenster gehend). Sehen Sie nur, ich bitte Sie, da springt der Pfarrer über den Gartenzaun und der Küster klettert auf den Taubenschlag. Sagen Sie mir nur, Fräulein, was bedeutet das?

Elise (bissig). Fragen Sie doch die Frau Pfarrerin, die muß doch ihren Mann genauer kennen, als ich.

Rath (zu Aennchen). So sagen Sie doch, beste Frau — —

Aennchen (verwirrt). Ich weiß es nicht recht, doch ja, mein Mann hat öfter solche Anfälle, das heißt immer nur beim Mondwechsel; verlassen Sie sich darauf, nur beim Mondwechsel. Ich will gleich 'mal nachsehen, ob der Mond heute wieder wechselt. (Läuft durch die Mitte ab.)

Rath. Hm, hm! närrische Anfälle, und gerade beim Mondwechsel; wenn nun der Mond gerade während der Predigt wechselt? Das gäbe ein großes Aergerniß für die Gemeinde.

Elise. O Herr Rath! meine Schwägerin übertreibt; diese Anfälle sind Gott sei Dank nur sehr selt'ner Natur. Nach meiner Erfahrung kommen sie nicht beim Mondwechsel, sondern nur jedes Schaltjahr vor.

Rath. Nun, das beruhigt mich um so mehr, als ich es aus so liebem Munde höre. Diese heitere, klare Stirn, dieses offene, geistvolle Auge sind die Bürgen eines eben so sanften, als wahren Gemüths.

Elise (ängstlich). Herr Rath!

Rath. Mein Fräulein, ich muß Ihnen Alles sagen, ich bin kein Jüngling, im Gegentheil, ein halbes Säculum liegt geschlossen hinter mir; aber Sie wissen, junge Männer sind oft flatterhaft, leichtsinnig.

Elise (mit ausbrechendem Zorn). Und treulos! O ja, ja, ja, da haben Sie Recht. Eine Thörin, die einen jungen Mann heirathet.

Rath. Vortreffliche Ansichten, sie beleben meine Hoffnung.

Elise. Welche Hoffnungen?

Rath. Lassen Sie's mich Ihnen gestehen, nur Ihrethalben kehrte ich hierher zurück, Ihnen mein Herz und meine Hand anzubieten. Sprechen Sie, Elise, würden Sie im Stande sein, meine Gattin zu werden?

Elise. Herr Rath!

Rath. Jung bin ich nicht, aber treu; schön bin ich nicht, aber romantisch. Schwärmen kann ich wie ein achtzehnjähriger Jüngling und zum Beweise dessen sehen Sie mich hier zu Ihren Füßen. Elise, wollen Sie — die Meine werden? (Kniet nieder.)

2. Scene.

Vorige. Aennchen und Lotte (treten rasch ein und stoßen Beide beim Anblick der Gruppe einen Schrei aus).

Rath (springt auf). Alle Wetter, wie unangenehm.

Aennchen (schlägt die Hände zusammen). Was! So weit ist es schon gekommen? O! (Läuft ab.)

Rath (fährt Lotte an). Wie können Sie denn in einem solchen Moment eintreten?

Lotte. Wenn solche Momente bei offenen Thüren vorfallen, dann habe ich ein Recht dazu; übrigens ängstigen Sie sich gar nicht, Frau Pfarrerin, ich kenne so was, ich sage Ihrem lieben Manne nichts von der ganzen Geschichte.

Rath. Was? Ihrem lieben Mann?

Elise (entschlossen). Ja, meinen lieben Mann, Herr Rath; damit sie's wissen, ich bin die Frau Pfarrrerin, und verlassen Sie sich darauf, es soll jetzt Alles klar werden. (Eilt links ab.)

Rath (steht einen Augenblick starr, erfaßt dann Lotte's Hand). Das ist also die Frau Pfarrerin?

Lotte. Na freilich, die Köchin kann sie nicht sein, denn die bin ich.

Rath. Wer war aber die andere junge Person, die eben mit Ihnen kam?

Lotte. Das Fräulein Aennchen, des Pfarrers Base.

Rath. Ich bin also betrogen, unerhört betrogen! (Wirft sich in einen Stuhl.)

Lotte. Der alte Herr scheint hier großen Einfluß im Hause zu haben, ich glaube, der setzt es durch, daß ich mein Carlemännchen heirathen kann. (Läuft zur Mittelthür.) Carlemännchen, komm' doch mal 'rein.

3. Scene.
Die Vorigen. Carl.

Carl. Da bin ich, Lottchen.
Rath (für sich). Aber die Sache muß einen Grund haben.
Lotte. Hochverehrtester Herr Rath, ich hätte eine Bitte an Sie. Dieser reizende Mensch ist mein Bräutigam und wir wollen uns gern in zwei Monaten heirathen. Nun will aber die Frau Pfarrerin nicht, daß — —
Rath (aufspringend). Halt, ich hab's! (Zu Lotte.) Erinnern Sie sich, daß der Herr Pfarrer vor sechs Monaten nach Berlin gereist ist?
Lotte. Ei, freilich!
Rath. Ist die Frau Pfarrerin mitgereist?
Lotte. J Gott bewahre!
Rath. Oder Fräulein Aennchen?
Lotte. Auch die nicht, er ist ganz allein gereist.
Rath (für sich). Ganz allein? O, es ist am Tage, so hat er in Berlin eine andere für seine Frau ausgegeben. Nichtswürdiger Betrug! (Läuft wüthend hin und her.)
Lotte. Du Carlemännchen, bei dem scheint's nicht ganz richtig.
Carl. Im Gegentheil, bei Dir war's nicht ganz richtig. Wie kannst Du denn sagen, der Pfarrer sei ohne Frau in Berlin gewesen? Den hast Du schön in die Dinte gebracht.
Lotte. Aber ich begreife nicht.
Carl. Ach, so 'was kann auch nur ein Oberkellner begreifen; sei nur ruhig, Du hast ihn in die Dinte 'rein gebracht, ich werde ihn schon wieder 'raus bringen.
Rath. Aber ich muß Aufschluß über die ganze Sache bekommen.
Carl. Den kann Ihnen Niemand besser geben, als ich.
Rath. Sie? wer sind Sie?
Carl. Ich bin Oberkellner in Berlin und kenne den Pfarrer von Kindesbeinen auf. Wir haben zusammen unser Abiturientenexamen gemacht.
Rath. Unsinn! Ein Oberkellner!

Carl. Nein, ich irrte mich, ich wollte sagen, wir haben zusammen unser Jahr abgedient. Darum wohnt er auch immer in unserem Hotel, er und seine Frau.

Lotte. Red' doch keinen Unsinn.

Carl. Schweig' doch still.

Rath. Mir wird immer heißer und heißer, liebes Kind, holen Sie mir ein Glas Wasser.

Lotte (ab durch die Mitte).

Rath. Hat der Pfarrer auch vor sechs Monaten in Ihrem Hotel gewohnt?

Carl. Gewiß, und mit seiner Frau.

Rath. Oder vielmehr mit der, die er dafür ausgegeben hat.

Carl. Erlauben Sie, so was kommt in unserm Hotel nicht vor, da muß immer erst dem Oberkellner der Trauschein vorgezeigt werden, ich habe ihn gesehen mit meinen eigenen Augen.

Rath (für sich). Welch' ein furchtbarer Gedanke steigt in mir empor. Des Pfarrers Frau war nicht in Berlin, trotzdem hat dieser Mensch seine Frau und sogar seinen Trauschein gesehen? Sollte —

Carl. Die Kinderchen waren ja auch mit.

Rath. Seine Kinder?

Carl. Ja, sieben Stück, wie die Orgelpfeifen.

Rath (für sich). Und mir sagte er, er hätte keine und hier im Hause sind keine zu sehen? O entsetzlich! Und wissen Sie nicht den Vornamen?

Carl. Ei freilich, freilich! Das heißt, warten Sie mal —

Lotte (kommt mit einem Glase Wasser). Hier, Herr Rath!

Rath (stürzt auf sie zu). Sagen Sie mir schnell, mein Kind, wie heißt die Tochter des Küsters Hänfling?

Lotte. Welche? Der hat ja sieben Kinder.

Rath. Ganz wie der Pfarrer. Ich meine die mit dem offenen Geschäft.

Lotte. Die? Die heißt Emilie.

Rath. Nannte er sie nicht Emilie?

Carl. Da hat er ganz Recht gehabt; ja Emilie, Emilie, so hieß sie. Wenn er zärtlich war, nannte er sie immer Mielchen.

Rath (außer sich). Es ist am Tage, das furchtbarste Verbrechen ist enthüllt, dieser Pfarrer ist zwei Mal verheirathet. (Stürzt nach rechts ab.)

Lotte. Was soll denn das heißen?

Carl. Siehst Du, er ärgert sich, weil ich den Pfarrer aus der Dinte gezogen habe.

Lotte. Was wollte er denn nur mit der Emilie?

Carl. Ich habe ihm gesagt, daß des Pfarrers Frau Emilie heißt.

Lotte. Was?

Carl. Herr Gott, verstehst Du mich denn nicht, der Pfarrer hat in Berlin eine, die heißt Amanda, die giebt er für seine Frau aus.

Lotte. Ich falle um! Ist das eine Welt!

Carl. Ja, werde Du nur Kellner, dann wirst Du die Welt schon kennen lernen.

Lotte. O Carlemännchen, wie schlecht ist doch die Menschheit.

Carl. Sieh' auf mich, Lotte, ich bin die einzige, rühmliche Ausnahme. Komm an mein Herz! (Sie umarmen sich.)

4. Scene.

Vorige. Hänfling (tritt ein, sieht die Gruppe und kommt näher).

Hänfling. Na, na, Kinder, was ist denn das? Schämt Ihr Euch denn nicht? In einem Pfarrhause, in dieser Stätte der Sittlichkeit.

Lotte. Sittlichkeit? Na, Sie kommen mir gerade recht. Kennen Sie vielleicht eine gewisse Amanda?

Hänfling. Amanda? Nein, so weit reicht meine Kenntniß des weiblichen Geschlechts nicht.

Lotte. Na, denn sollen Sie sie kennen lernen, ich werde Ihnen eine Geschichte erzählen. (Faßt ihn beim Arm.) Ueber das Pfarrhaus und die Sittlichkeit.

Carl. Und über die Amanda!

Hänfling. Was für eine Amanda?

Carl. Eine schöne Amanda.

Lotte. Eine nette Amanda.

Hänfling. Die Amanda?

Carl und Lotte. Ja, die Amanda. (Sie zerren den Küster durch die Mittelthür ab.)

5. Scene.

Elise (kommt von links).

Elise. Es ist beschlossen, ich verlasse dieses Haus für immer. Ein paar Zeilen Eichmann's haben mich so eben in Kenntniß gesetzt, daß auch er von der ganzen Unglücksgeschichte unterrichtet ist. Auch er will fort, so soll er mich denn zu meinen Eltern begleiten. (Geht zum Fenster und ruft hinaus.) Peter! gehe in den Löwen, ich lasse

Herrn Förster Eichmann bitten, sogleich zu mir zu kommen. O, wie eine Stunde das ganze Leben verändern kann! Heute schalt ich auf meine Köchin und ihr Carlemännchen und jetzt? Mir wäre viel besser, ich hätte Carlemännchen geheirathet. (Geht schwermüthig links ab.)

6. Scene.
August. Aennchen. Der Rath.

Aennchen (im Reiseanzug, eine Reisetasche in der Hand). Nein, laß mich, Vetter, es bleibt dabei, ich reise ab.
August. Aber wo willst Du denn hin?
Aennchen. In die weite Welt, mir einen Dienst suchen.
August. Aber warum denn?
Aennchen. Weil mich Deine Frau aus dem Hause gejagt hat.
August. Das hätte Elise gethan?
Aennchen. Ja wohl! Und Dich wird sie gleich nachjagen, das hat sie auch gesagt.
August. Mich?
Aennchen. Ja wohl! Das sind die Folgen von Euren albernen Lügen. Elise ist eifersüchtig auf mich und Dich.
August. Auf Dich und mich?
Aennchen. Sie behauptete, wir seien zusammen in Berlin gewesen.
August. In Berlin? O großer Gott, jetzt wird mir die ganze Geschichte klar. Der Rath ist hinter das Lügengewebe gekommen, hat meiner Frau die Berliner Geschichte erzählt. Jetzt ist's aus, jetzt ist Alles verloren; Amt und Stellung, Ehre und Reputation! Aennchen, wart' nur noch ein paar Minuten, ich reise mit Dir. (Eilt zum Kleiderschrank, holt eine Reisetasche und ein paar Röcke heraus, die er schnell einpackt.)
Rath (tritt von rechts ein und beobachtet das Folgende).
Aennchen. Aber lieber August!
Rath. Aha, er packt ein, vermuthlich will er jetzt zu der Andern.
August. Sorge Dich nicht, Aennchen, ich bringe Dich schon wo unter. Wir fahren sogleich zu Küsters Emilie.
Rath. Aha, stimmt schon.
August. Ich bin ja dort so gut wie zu Hause.
Rath. Er ist dort so gut, wie zu Hause? Der letzte Zweifel ist geschwunden, die Sache ist richtig. (Zieht sich in das Nebenzimmer zurück.)
August. So, Aennchen, gieb mir Deinen Arm, und nicht eher

sieht mich dieses Haus wieder, als bis Alles aufgeklärt ist. Komm, meine Liebe.

7. Scene.

Die Vorigen. Elise. Bertholb.

(Beide von links, zum Ausgehen angekleidet, jeder eine Reisetasche in der Hand.)

Berthold. Ha, Frau Pfarrerin, sehen Sie, sie wollen mit=einander durchgehen.

Elise (vortretend). Ihr könnt Euch Eure Flucht ersparen, ich verlasse dieses Haus. (Zeigt die Reisetasche.)

Berthold. Bleiben Sie nur, mein Fräulein, ich gehe! (Zeigt die Reisetasche.)

Aennchen. Das haben Sie gar nicht nöthig, mein Herr, ich reise. (Zeigt die Reisetasche.)

August. Ja, wir reisen. (Zeigt die Reisetasche.)

Elise. Nun ja, Sie sind ja daran gewöhnt, mein Fräulein, mit meinem Mann zusammen zu reisen, diesmal aber reise ich.

Aennchen. So? Vielleicht mit Herrn Rath Zornbock.

August. Was? Mit dem Elenden?

Berthold. Kein Elender! ein wackerer Mann, der Alles an den Tag gebracht hat, dieser Rath Geisbock.

Elise. Gewiß! ein braver Mann.

Aennchen. Versteht sich, sehr brav, er lag ja vor Dir auf den Knieen.

August. Was? Auch das noch? O, Du treuloses Weib!

Elise. Treulos? Himmel, das ist zu viel.

Berthold. Was? Du willst Deine brave Frau verdächtigen? Mußte er sie nicht für ein Fräulein halten, der wackere Rath Sägebock?

August. Halt den Mund! Wer sich nicht einmal einen Na=men merken kann, hat in diese Verwirrung nicht mit hinein zu reden.

Berthold (schwingt drohend die Reisetasche). August!

August (hält ihm seine Tasche wie ein Schild entgegen). Nur heran, mir ist jetzt Alles egal.

Beide Damen (die Männer am Rockschooß zurückhaltend). Hilfe, Hilfe!

8. Scene.

Die Vorigen. Der Rath. (Zuletzt) Hänfling.

Rath (rasch eintretend und zwischen beide Paare eilend, mit donnernder Stimme). Halt!
Alle. Der Rath!
Rath. Die Stunde des Gerichts bricht an; was streitet Ihr Euch mit einem Menschen, der dem Staatsanwalt verfallen ist?
Alle. Dem Staatsanwalt?
Rath. Vernehmt es Alle, dieser August Hellborg ist mit zwei Frauen zugleich verheirathet.
Alle (stoßen einen Schreckensschrei aus).
Rath. Er ist Vater von sieben unschuldigen Kindern.
August (fällt der Länge nach auf's Sopha).
Elise, Berthold und Aennchen (zu gleicher Zeit). Entsetzlich!
Hänfling (tritt rasch und vergnügt ein). Lieber, goldener August, Alles wird gut werden, ich weiß jetzt — —
Rath (packt Hänfling am Kragen). Und dieser ist sein Spießgenosse, sein heimlicher Schwiegervater.
Allgemeines Entsetzen, August zieht eine Decke über den Kopf, Hänfling wimmert.)

Der Vorhang fällt.

---

4. Akt.

1. Scene.

August. Hänfling.

August (liegt beim Aufgehen des Vorhanges ebenso auf dem Sopha, wie am Schluß des vorigen Aktes, den Kopf in die Decke gehüllt).

Hänfling (tritt leise durch die Mitte ein, sieht sich vorsichtig um und schleicht zum Sopha). August, lieber August, ich bin's.

August (spricht unter der Decke). Bist Du allein?

Hänfling. Ganz allein.

August (richtet sich langsam auf). Hänfling!

Hänfling. August!

August. Hast Du sie noch nicht blasen gehört?

Hänfling. Wen denn?

August. Die Posaunen des jüngsten Gerichts.

Hänfling. Noch nicht!

August Lange kann's nicht mehr dauern.

Hänfling. Nein! was machst Du denn da?

August. Begreife doch, ich habe ja den Starrkrampf.

Hänfling. Den Starrkrampf?

August. Ja! Wie sie Alle auf mich einstürmten und ich mir keinen Rath mehr wußte, hielt ich's für das Beste, einen Starrkrampf zu erheucheln. Sie schrieen, sie schimpften, sie weinten, sie zwickten und zwackten, bespritzten mich mit Wasser und Eau de Cologne, Alles egal, ich blieb bei meinem Starrkrampf.

Hänfling. Ja, willst Du denn überhaupt dabei bleiben?

August. Was soll ich anfangen? Und alles das um einer kleinen Lüge willen; überall sehe ich den entsetzlichen Herrn Rath, der mich in's Zuchthaus bringen will.

Hänfling. Und mich in's Arbeitshaus, o!

August (erschrocken). Still! hörst Du nichts?

Hänfling. Man kommt, man kommt, das ist er! Das ist er wieder.

August. Da bleibt mir nichts übrig, als wieder in Starr=krampf zu verfallen. (Streckt sich wieder unter die Decke.)

Hänfling. Aber wo soll ich denn hin? Ich kann doch nicht auch den Starrkrampf bekommen; zwei Starrkrämpfe, das glaubt gar kein Mensch.

August. Schnell dort hinter die Fenster=Gardine, da kann er Dich nicht entdecken.

Hänfling. Ja, ja, hinter die Fenstergardine. (Verbirgt sich.)

August (sich aufrichtend). Das geht ja nicht, Hänfling, die Gar=bine ist zu kurz, da sieht man ja Deine Füße; nimm den Fußschemel und stell' Dich darauf, da bist Du ganz verborgen.

Hänfling. Ja, ja, alles was Du willst. (Zieht den Fußschemel heran und verbirgt sich auf ihm hinter der Gardine). An den Tag will ich denken mein Lebenlang.

2. Scene.

Vorige. Elise, Aennchen, Berthold (von links).

Berthold. Aber beste Frau Pfarrerin, so sehen Sie doch ein —

Aennchen. Elise, Du wirst Dich noch vor Aufregung krank machen.

Elise. Ihr habt gut reden, Ihr habt Euch verständigt, seid ausgesöhnt und werdet glücklich; aber ich, ich Arme habe mein Le=bensglück verloren.

Aennchen. Aber es ist ja noch gar nicht bewiesen, daß August wirklich noch eine Frau hat.

Elise. Wie? Hat der Kellner dem Rath nicht Alles klar er=zählt? Hat er nicht selbst ihren Trauschein gesehen? O, wer mir das gestern noch gesagt hätte! August, August, wie konntest Du mir das anthun.

Aennchen. Wenn sich nur dieser Starrkrampf endlich lösen wollte; welches Malheur, daß der Arzt gerade über Land ist und erst in einer Stunde zurückkehren kann.

Berthold. Ein tüchtiger Aderlaß macht die Sache gleich wie=der gut, dann kommt er zu sich und wird im Stande sein, uns ge=nügende Auskunft zu geben.

Aennchen. Ja, ja, ein Aderlaß.

August (schnarcht sehr laut).

Elise. Großer Gott, das klingt ja schon beinahe wie Todes=
röcheln.
Bertholb. Unsinn! Er ist in einen tiefen Schlummer ver=
fallen, jetzt ist keine Gefahr mehr da. Nur so'n sieben bis acht
Tassenköpfe voll Blut abgezogen und Alles ist wieder in Ordnung.
Elise. Aber wo ist denn der Rath hin?
Bertholb. Er lief wüthend auf sein Zimmer, um sogleich an
den Staatsanwalt zu schreiben.
Elise. Um Gotteswillen nicht, ich muß ihn sprechen, ihn zur
Nachsicht und Milde zu bestimmen suchen. Kommt mit mir, meine
Freunde, helft mir. (Geht rechts ab.)
Berthold (bietet Aennchen die Hand). Nun, bist Du mir auch wie=
der ganz gut, mein Aennchen?
Aennchen (schlägt ihm auf die Hand). Nicht früher, als bis hier
Alles wieder in Ordnung ist und bis die Verwirrung gelöst ist, zu
der Du auch Dein Theil beigetragen, Du guter, dummer Hans Taps.
(Beide ab.)
August (richtet sich langsam auf).
Hänfling (steckt vorsichtig den Kopf zwischen den Gardinen hervor).
August. Hänfling!
Hänfling. August!
August. Ich halte das Liegen nicht länger aus.
Hänfling. Ich eben so wenig das Stehen.
August und Hänfling (erschrocken). Herr Gott, man kommt
schon wieder. (Beide retiriren an ihre früheren Plätze.)

3. Scene.

Vorige. Lotte. Carl.

Lotte. Aber ich bitte Dich, Carlemännchen, was machst Du
denn für einen Spektakel!. Ist denn hier noch nicht Ravage genug
im Hause? Man weiß hier schon nicht mehr, wer Kind und Kegel
ist, und nun fängst Du auch noch an.
Carl. Und Du fragst noch? Ich bin in meinem vollen Recht,
ich hatte Alles in Ordnung gebracht, Alles aufgeklärt, den Einen
aus der Dinte 'raus, den Andern in die Dinte 'rein gebracht, und
wie ich meinen Lohn verlangte, die Erlaubniß, Dich in vier Wochen
zu heirathen, da weist mich Einer nach dem Andern ab; die Frau
Pfarrerin sagt mir Grobheiten, der Herr Pfarrer sagt mir Grob=
heiten, der Herr Rath sagt mir Grobheiten, ich bin nicht für Grob=
heiten hierher gekommen, das kann ich zu Hause in Berlin billiger
haben. Als ob nicht Alles wahr wäre, was ich gesagt habe; aber

ich habe mich gerächt, ich habe nach Berlin telegraphirt an das Corpus delicti. Weißt Du, was das ist?

Lotte. Nein!

Carl. Na, denn wirst Du's bald mit eigenen Augen sehen, zum Entsetzen Aller hier, und ich schwöre Dir zu, Lotte, in vierzehn Tagen, nich in vier Wochen, is unsere Hochzeit. (Ab.)

Lotte. So viel steht fest, die Verrücktheit muß ein anstecken=
des Uebel sein. Der Herr Pfarrer fing heute früh an und bis auf den Abend ist es durch den ganzen Haus= und Viehstand und dar=
unter mein Bräutigam. Na meinetwegen, ich habe mich außer Athem gelaufen, um den Doktor aufzutreiben; der war über Land, in der Verzweiflung bin ich drüben zum Kurschmidt gegangen und habe ihn um ein Mittel gegen Starrkrampf gebeten; er meint, da gebe es eine ganze Menge, aber das Beste wäre Zwiebeln auf Kohlen ge=
braten und dann glühend heiß unter die Fußsohlen gelegt — das hilft immer, das woll'n wir gleich 'mal versuchen.

August (stöhnt).

Lotte. Rührt er sich nicht? Nein! und aussehen thut er schon wie ein halb Todter, ganz voll Flecken im Gesicht. Nein doch, das ist der Wiederschein von der Gardine; warum sind denn die Fenster=
vorhänge zugezogen? Wenn der Mensch nicht athmen kann, vor Starrkrampf, muß er doch frische Luft haben. (Geht an's Fenster, will die Vorhänge aufziehen und stößt auf Hänfling, aufschreiend). Was ist denn das? Da steckt Jemand dahinter. (Zieht die Vorhänge zurück, Hänfling steht kerzengrade mit geschlossenen Augen. Lotte betrachtet ihn eine Weile erstaunt, stößt dann einen Schrei aus und läßt die Vorhänge wieder zufallen.) Allmächti=
ger Gott! Hilfe, Hilfe! Der Küster hat sich aufgehängt. (Stürzt rechts ab.)

August (springt auf). Hänfling, jetzt ist's die höchste Zeit.

Hänfling (tritt hervor). August, ich wollte, wir wären in Amerika.

August. Wir müssen Alle Tollkraut einbekommen haben. (Man hört Lärm hinter der Thür rechts.) O Gott, da kommen die Henker schon wieder.

Hänfling. Sieh' wo Du bleibst, jetzt bekomme ich den Starr=
krampf. (Wirft sich auf's Sopha und zieht die Decke über'n Kopf.)

August (sucht vergebens auf's Sopha zu kommen). Aber Hänfling, be=
denke doch, das ist ja mein Platz, Mensch, — man kommt — zu spät! (Stürzt durch die Mitte ab.)

4. Scene.

Häufling (unter der Decke). Rath, Elise, Bertholb, Aenn=
chen, Lotte (durcheinanderschreiend von rechts).

Alle. Schrecklich, entsetzlich! Der Küster tobt, ein Selbst=
mord!
Rath. Wo ist denn der Unglückselige?
Lotte. Da hinter der Gardine am Fensterkreuz baumelt er.
Elise. Entsetzlich, ich kann ihn nicht sehen.
Aennchen. Ich auch nicht, sonst kommt er mir in den Traum.
Rath. Nur Ruhe, nur Ruhe, vielleicht ist noch Rettung mög=
lich, wir wollen doch nachsehen. (Macht einige Schritte zum Fenster, hält
aber inne und schaudert.) Brrr! Mein junger Freund, Sie sind noch
landwehrpflichtig, wollen Sie nicht lieber 'mal nachsehen?
Bertholb. Ja wohl, mein bester Herr Rath Ziegenbock.
Rath. Zornbock!
Bertholb. Das wollte ich eben sagen. (Oeffnet die Gardine.) Na
nun, da ist ja nichts!
Rath. Nichts?
Aennchen. Hängt kein Küster da?.
Bertholb. Nicht einmal ein Klingelbeutel.
Elise. Nun, was hast Du denn dann gesehen, Lotte?
Lotte. Den leibhaftigen Küster, der da am Fensterkreuz
baumelte.
Elise. Du bist albern, Lotte, — marsch, geh' in die Küche.
Lotte. Na, denn hat er sich aus Niederträchtigkeit selber los=
geschnitten und ist davongelaufen. Pfui! so'n alter Heuchler. (Ab
durch die Mitte.)
Rath. Sie waren wohl sehr erschrocken, meine Damen?
Elise. O mein Gott, was könnte mich am heutigen Tage
noch erschrecken! Die entsetzliche Nachricht von der zweiten Verhei=
rathung meines Mannes hat alle meine Sinne gelähmt, ich habe
nur noch einen Gedanken, Sie Herr Rath zu beschwören, daß Sie
über diese unglückselige Angelegenheit schweigen.
Rath. Aber liebe Frau, meine Pflicht!
Elise. Lassen Sie die Menschlichkeit diesmal über das Pflicht=
gefühl siegen. Mein Gatte entflieht nach Amerika, ich lasse mich dann
von ihm scheiden, — seine andere Frau möge ihm folgen und er
durch ein neues Leben seine Schuld sühnen.
Rath. Ja, aber wo ist denn der Verbrecher gegenwärtig?
denn wenn schon Etwas geschehen soll, so ist Eile von Nöthen.

Elise. Hier auf dem Sopha liegt er noch immer im todten=
ähnlichen Starrkrampf. Hat er sich auch an mir in der entsetzlichsten
Weise vergangen, so erregt doch sein Anblick das innigste Mitleid.
O! ich bitte Herr Rath, sehen Sie in dies bleiche, schmerzverzerrte
Antlitz. (Nimmt die Decke zurück.)
Hänfling (richtet sich verlegen auf und starrt die Anwesenden an).
Alle. Was ist das? Das ist ja Hänfling.
Berthold. Der Aufgehängte!
Rath. Was thun Sie hier?
Hänfling (jämmerlich). Ich habe den Starrkrampf.
Aennchen. Den hat ja August.
Rath (wüthend). Ha! das ist zu viel, der eine Verbrecher ist
entflohen und der andere wagt es noch, seinen Spott mit uns zu
treiben. Jetzt keine Gnade mehr für die Elenden; in dieser Stunde
noch geht meine Anzeige an die Gerichte ab; ich will Rache haben
für die beleidigte Moral und für die lächerliche Rolle, die man mich
hier spielen ließ. (Eilt rechts ab.)
Aennchen. Na, das ist eine schöne Geschichte.
Elise. Nun ist Alles verloren. (Man hört draußen ein Extrapost=
Signal.)
August (eilig eintretend). Still, still! um Gottes Willen, es kommt
eine Chaise in den Pfarrhof gerollt, gewiß die Herren vom Gericht,
die mich suchen, mir bleibt kein anderes Mittel, ich bekomme wieder
meinen Starrkrampf. (Legt sich auf's Sopha.)
Elise (schreiend). Vom Gericht! August! O Gott!
Berthold (faßt Hänfling am Kragen). Und das verdanken wir Alles
Ihnen, Sie alter Bösewicht.
Elise (ihn am Arm schüttelnd). Ja, Ihnen. Sie haben zuerst diese
schändlichen Lügen ersonnen.
Aennchen (ihn von der andern Seite schüttelnd). Sie haben mich da=
durch mit meiner Schwägerin entzweit.
Berthold (schüttelt ihm am Rockkragen). Sie haben mich auf mein
liebes Aennchen aufgehetzt.
Elise. Sie sind der Vater des Weibes, das mich um mein
Lebensglück betrogen.
Berthold. Und Sie unterstehen sich noch, uns vorzulügen,
Sie hätten sich aufgehängt?
Aennchen. Warum haben Sie sich nicht aufgehängt?
Hänfling (reißt sich wüthend los). Warum? warum? Donner=
wetter, jetzt wird mir's zu arg; ich habe mir viel gefallen lassen,
aber jetzt reißt mir die Geduld. Lassen Sie mich hinaus, ich will
fort, habe nothwendig was in Amerika zu thun. Wenn man mich
zurückhalten will, so passirt ein Unglück.

4

5. Scene.

Die Vorigen. Amanda. Carl. Lotte.
(Die letzten Beiden bleiben im Hintergrunde.)

Amanda (eine sehr hübsche Dame in pompöser Toilette, einen Klemmer auf der Nase, tritt vor). Ach, hier geht es ja recht lebhaft zu.
Alle. Wer ist das?
August. Diese Stimme? Herr Gott, das ist ja — (Richtet sich empor.) Ganz recht, ja ja, ich bin gerettet. Jetzt ist Alles am Tage, das ist ja die Dame, die ich damals beschützte.
Amanda. Ich wurde durch einen Brief hierher beschieden; man zeigte mir an, daß mich hier Jemand nothwendig zu sprechen habe; wollen Sie mir nicht erklären —?
August. Nichts kann ich Ihnen erklären, aber Eins weiß ich — daß Sie der Himmel zu meiner Rettung gesandt hat.
Carl (bei Seite). Na nun? Zur Rettung? Und ich habe sie doch zur Rache kommen lassen?!
Aennchen (zu Elise). Das ist gewiß eine Prinzessin, — sieh' nur die reiche Toilette.
Elise (mit tiefer Verbeugung). Mein gnädiges Fräulein, darf ich fragen?
August. Das ist die Dame, die mir unbewußt die ganze Suppe eingebrockt hat.
Hänfling. Na, seht Ihr's nun? Die Unglückliche hatte sich in Berlin auf der Straße verloren und fand sich nicht zurecht, weil sie noch so jung ist. Sie weinte nach ihrem Onkel und August half ihr — —
Elise. Den Onkel suchen?
August. Gewiß!
Aennchen. Also weiter gab's nichts?
August. Nichts, als ein Abendbrod, das ich der verlassenen Dame aus Artigkeit anbot.
Hänfling. Und von dem er nichts abbekommen hat.
August. Da kam plötzlich der Rath dazu, fragte mich, wer die Dame sei —
Hänfling. Und in seiner Verlegenheit gab er sie für seine Frau aus, das ist die ganze Geschichte.
August. Du siehst es, Elischen, ich bin kein Bigamist.
Hänfling. Und ich kein verbrecherischer Schwiegervater.
Elise. Wär's möglich? O, mein gnädiges Fräulein, also Sie haben nur mit meinem Mann Ihren lieben Onkel gesucht?

Amanda (schwärmerisch). Ach ja, meinen lieben, guten Onkel! Aber woll'n Sie mir nicht sagen, weshalb man mich brieflich bestellt hat?
Aennchen. Also Sie, mein gnädiges Fräulein waren es, die mit meinem Vetter zu Abend gespeist hat?
Amanda. Gewiß, ich hatte das Vergnügen. (Zu August leise.) Apropos, mon cher, dabei fällt mir ein, Sie waren so ungalant, dem Kellner mit der Zeche durchzubrennen; ich habe in Folge dessen zehn Thaler für Sie bezahlen müssen.
August (bei Seite). Entsetzlich! Das ist nun das vierte Mal, daß ich ein Abendbrod bezahlen muß, von dem ich nichts gegessen habe. Sie sollen zwanzig haben, ich beschwöre Sie aber, schweigen Sie.
Elise. Aber wollen Sie nicht Platz nehmen, mein gnädiges Fräulein?
Aennchen. Ach bitte, ja, nehmen Sie uns doch die Ruhe nicht mit.
Amanda. Sehr gern! Wenn ich nur erst wüßte, wer mich brieflich hierher — —

6. Scene.

Vorige. Der Rath (tritt von rechts auf, den Hut auf dem Kopf, einen großen Brief in der Hand).

Rath. Es ist geschehen, mein Schreiben an den Staatsanwalt ist vollendet.
August. Das hätten Sie sparen können, Herr Rath; denn Alle wissen bereits, daß ich schuldlos bin.
Alle. Ja, ja, er ist unschuldig!
August. Hier ist die Dame, die ich in der Verlegenheit für meine Frau ausgab, die Ihnen aber selber bezeugen wird, daß sie's nicht ist.
Amanda (wendet sich um, erkennt den Rath, breitet die Arme aus und schreit). Was seh' ich? Onkel, lieber Onkel!
Alle. Onkel?!
Rath (erschrocken für sich). Amanda! gerechter Gott, ich falle um.
Amanda (ihn umarmend). Ach, mein theurer Onkel! (Leise.) Also Du bist hier Rath? In Berlin hast Du mir doch gesagt, Du wärest Photograph.
Rath (umarmt sie schnell). O, meine geliebte Nichte! (Leise.) Schweig', ich bitt' Dich um Gotteswillen, Du kriegst auch morgen ein neues Kleid. (Zu Hänfling.) Lassen Sie sogleich meinen Wagen anspannen.

August (fröhlich). Nun also bin ich doch die Ursache, daß Sie nach so vielen Schicksalsschlägen Ihren guten Onkel wiedergefunden. O, welch' herzliche Freude.

Amanda. Ja, so ist es! diesem jungen Herrn verdanke ich es, aber ich möchte nur wissen, wer mich brieflich hierher —

Carl (vortretend). Das werde ich Ihnen sagen. Ich wußte doch, Fräulein, daß Ihr Onkel hier war und wollte Ihnen eine heimliche Ueberraschung bereiten.

Amanda. Ah sieh' doch, Carl, das war gescheut von Ihnen.

Carl. Na und zum Lohn dafür, daß ich Alles so schön aufgelöst habe, darf doch Lotte in 14 Tagen gehen?

Alle. Ja, ja, sie darf gehen.

Rath. Und mir, meine Herrschaften, erlauben Sie, sogleich zu gehen. (Mit großer Würde.) Mein junger Freund, Ihre Moral ist über jeden Zweifel erhaben; die 500 Thaler Zulage sind Ihnen sicher.

Alle. Tausend Dank!

Rath. Sie mögen daraus entnehmen, welch' ein Segen es ist, einen Vorgesetzten zu besitzen, dem die Moral über Alles geht.

August. Gott erhalte Sie noch lange zum Heile des Staates.

Alle. Ja, recht lange!

(Der Vorhang fällt.)

Ende.

Druck von Marschner & Stephan, Alte Jacobstr. 6.